T0037446

Tales from the

CITY AMONG
THE STARS

Hanna Karlzon

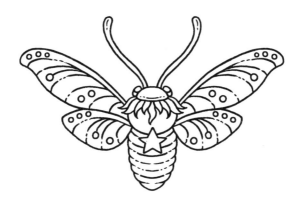

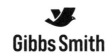

Gibbs Smith

Tales from the City Among the Stars Coloring Book
Illustrations © 2023 Hanna Karlzon

Original title: *Berättelser från staden bland stjärnorna*

Copyright © Hanna Karlzon och Tukan förlag 2022
Illustrations and design: Hanna Karlzon
www.hannakarlzon.com

First published by Tukan förlag 2022
Örlogsvägen 15
426 71 Västra Frölunda
Sweden
www.tukanforlag.se

English edition copyright © 2023 Gibbs Smith Publisher, USA.

Gibbs Smith
P.O. Box 667
Layton, Utah 84041

1.800.835.4993 orders
www.gibbs-smith.com

ISBN: 978-1-4236-6353-9

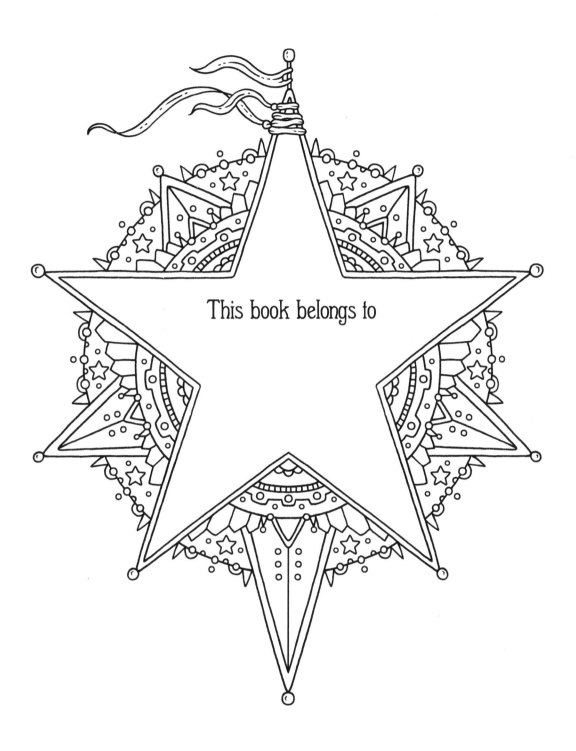

This book belongs to

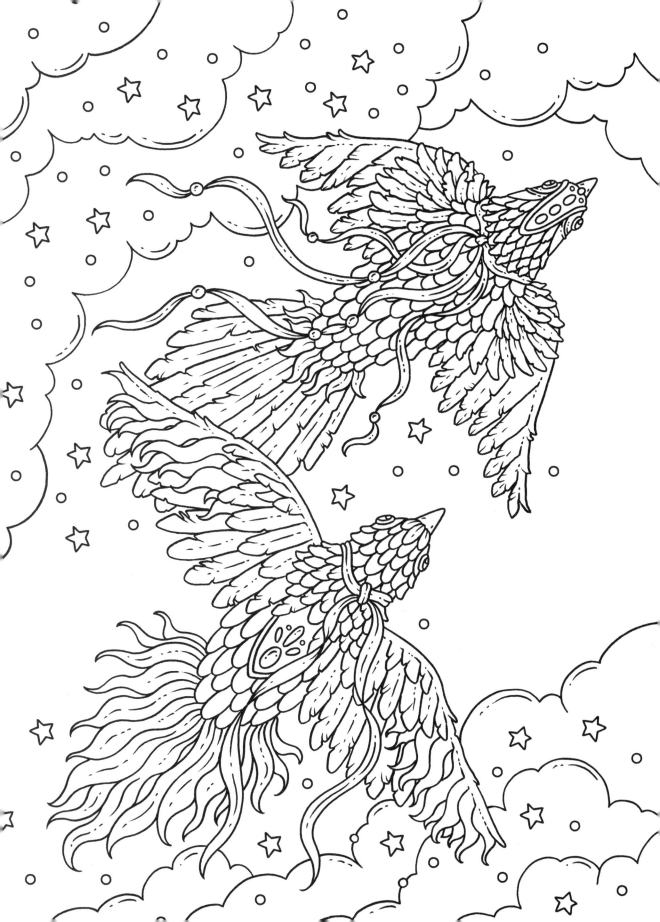

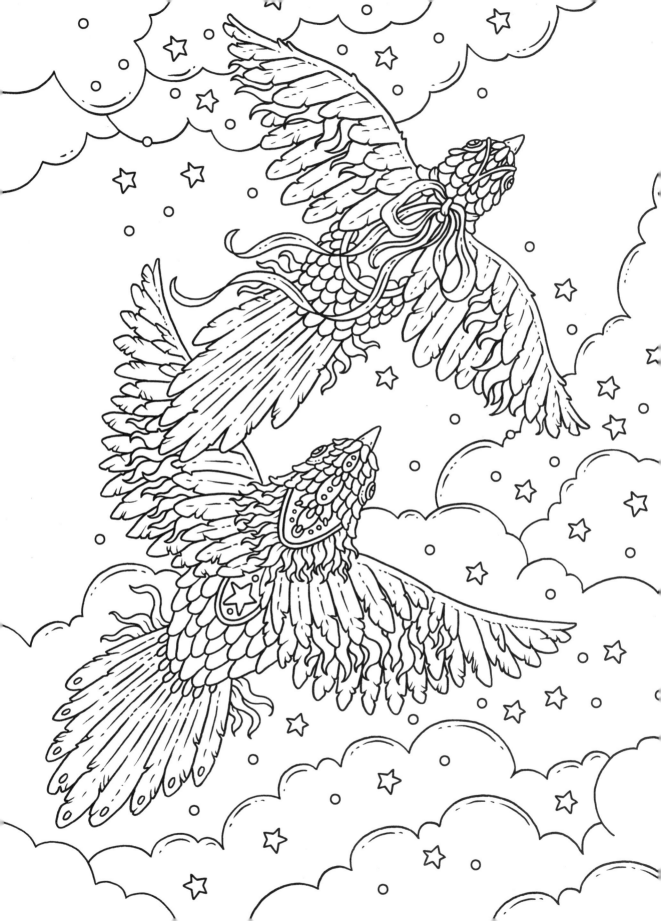

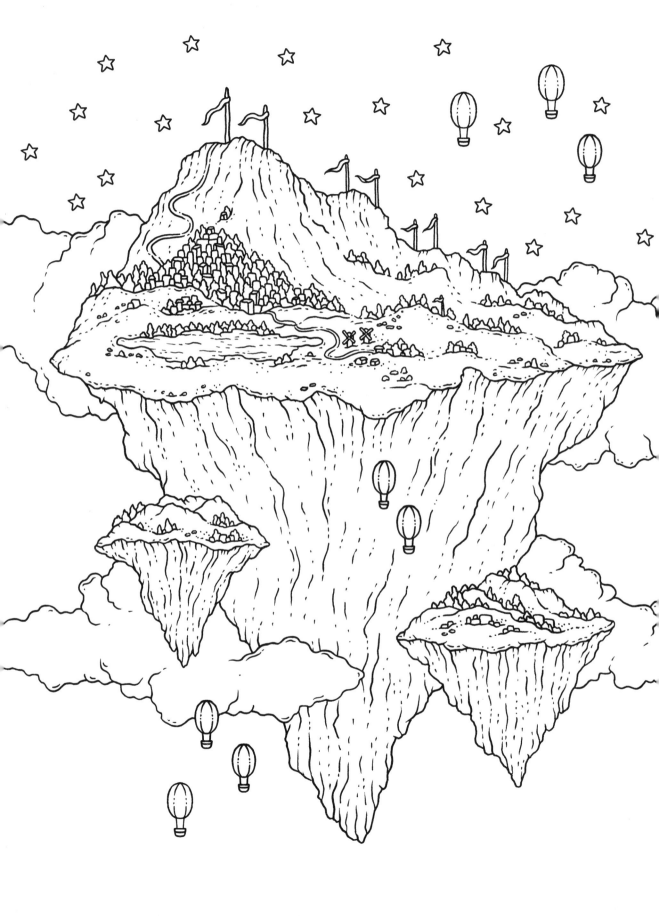

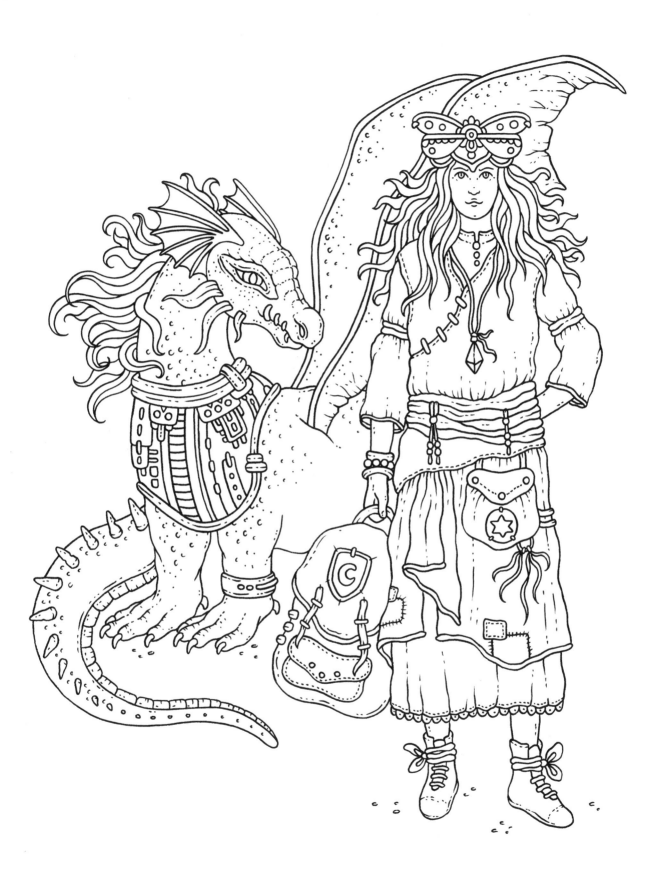

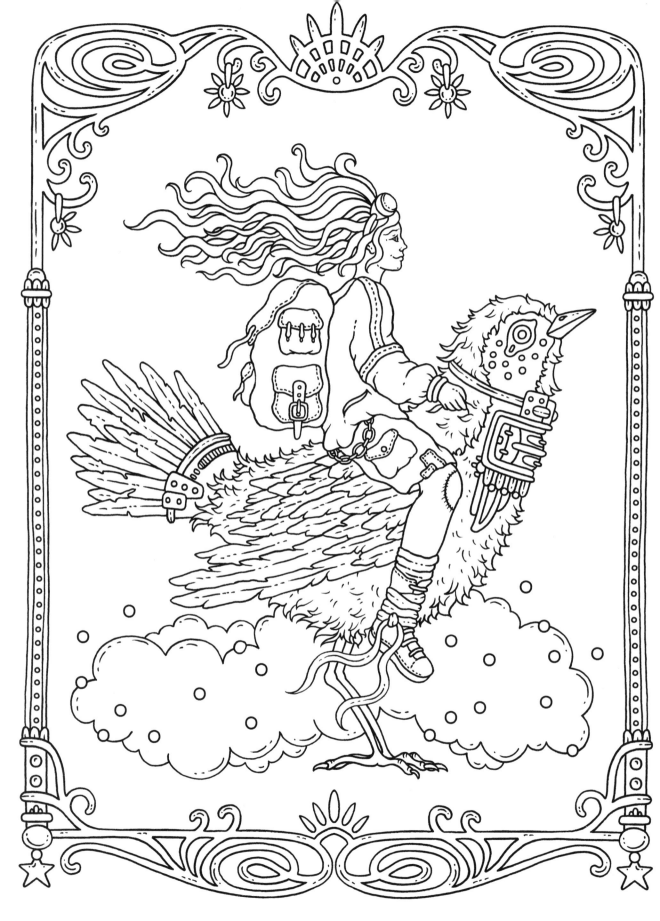

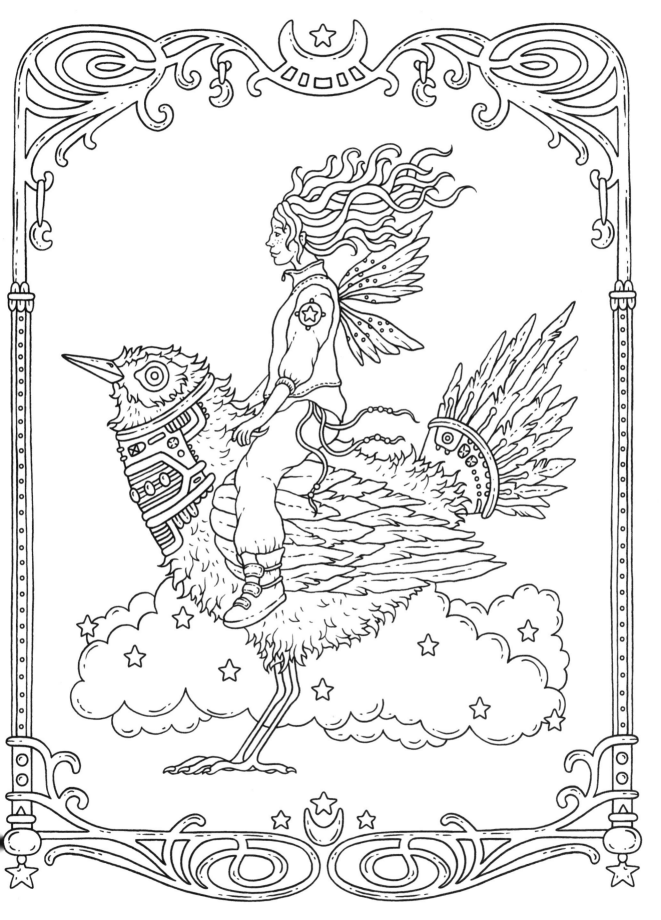

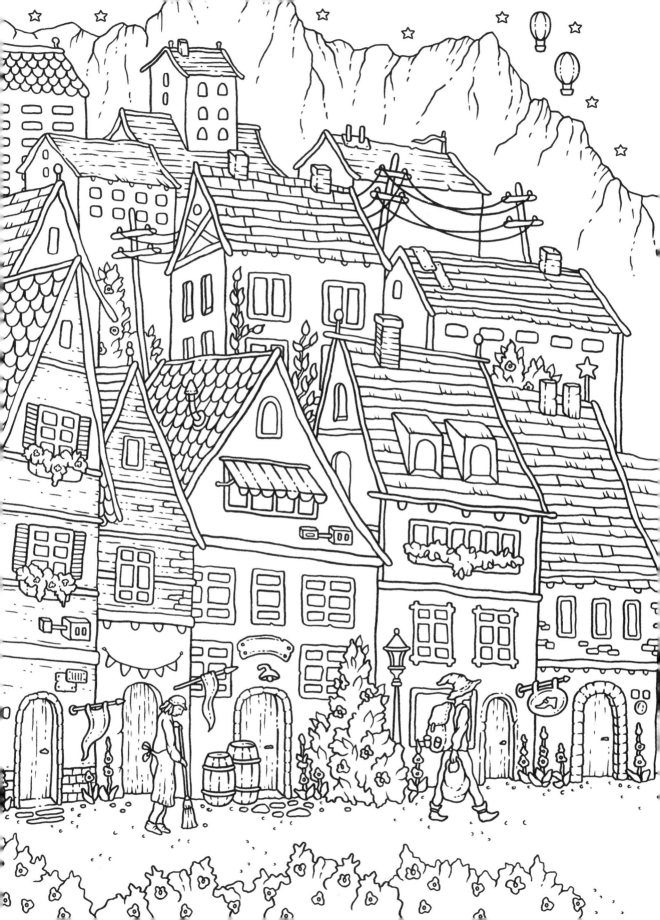

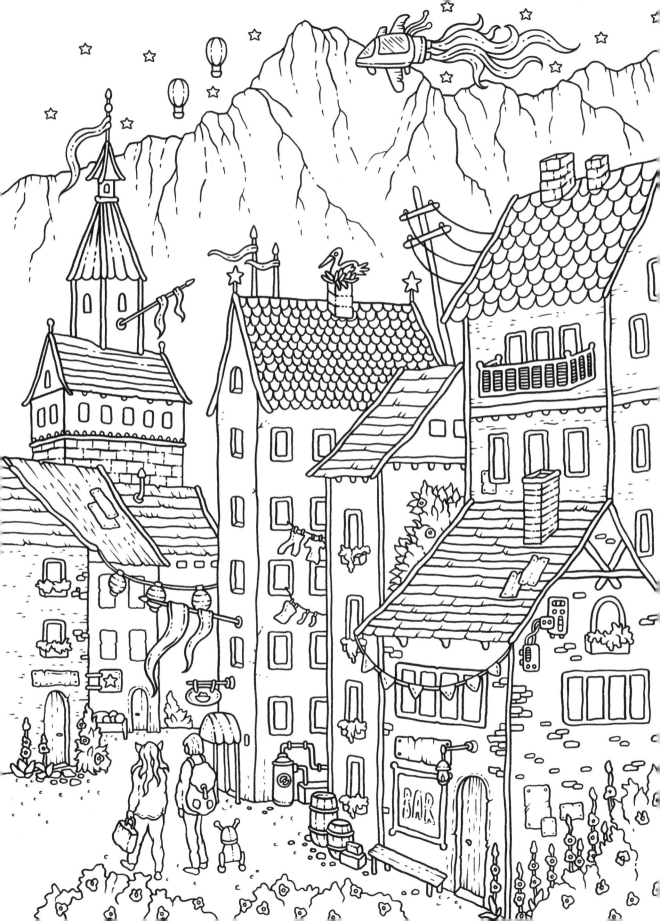

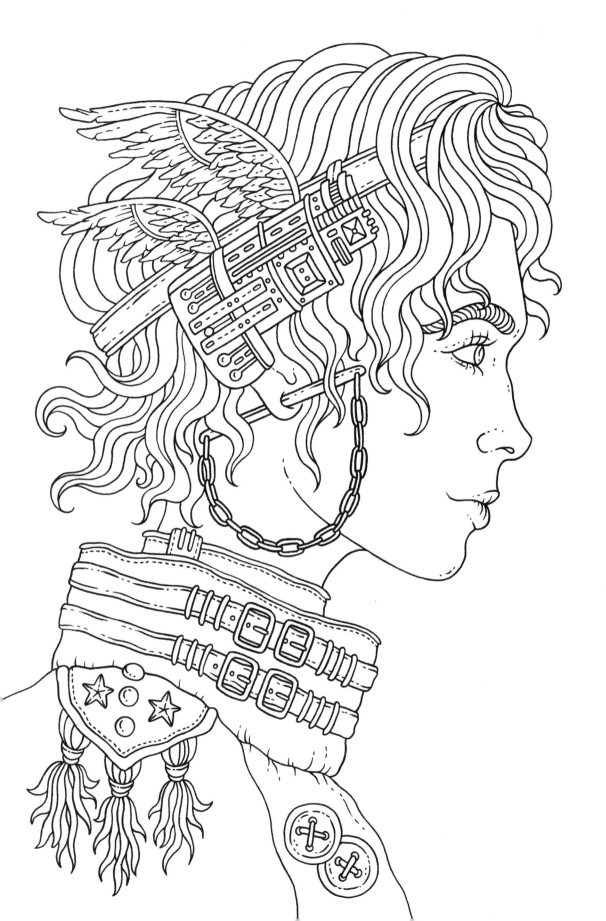

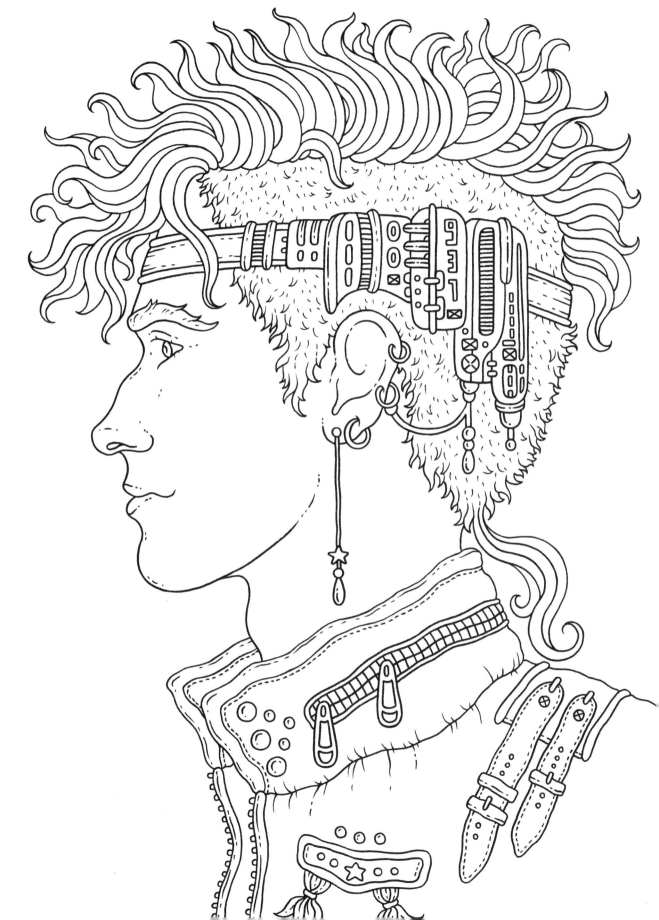

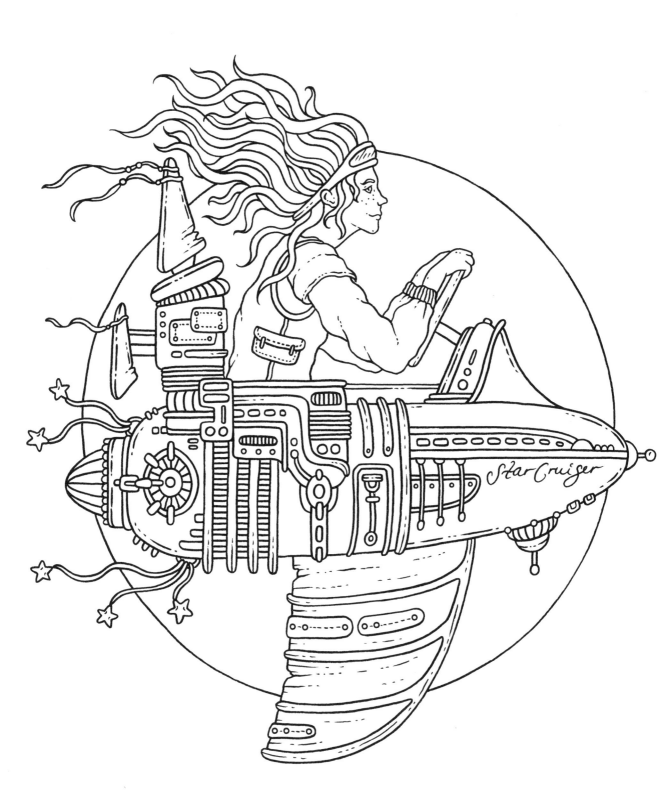

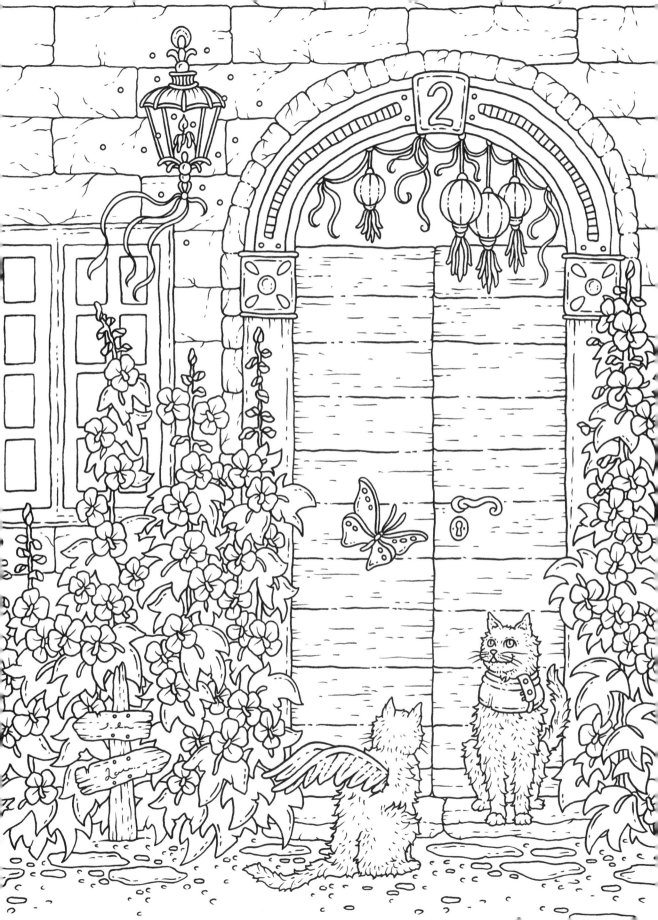

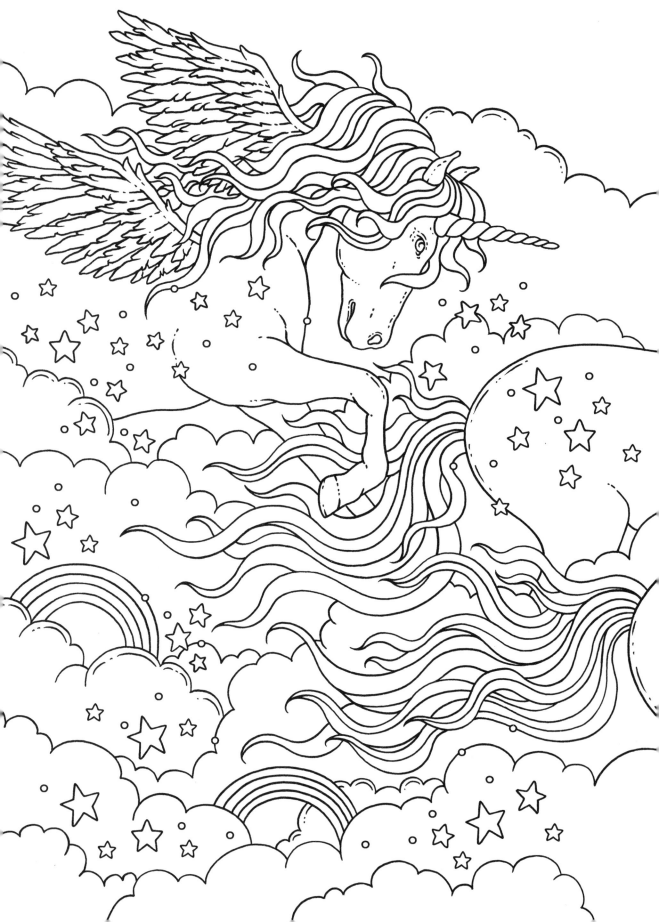

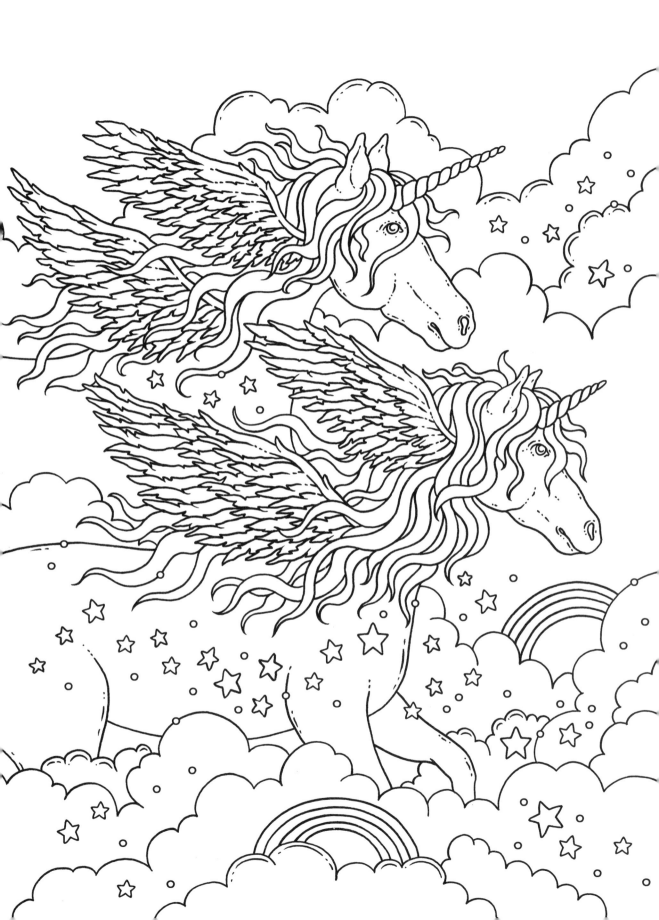

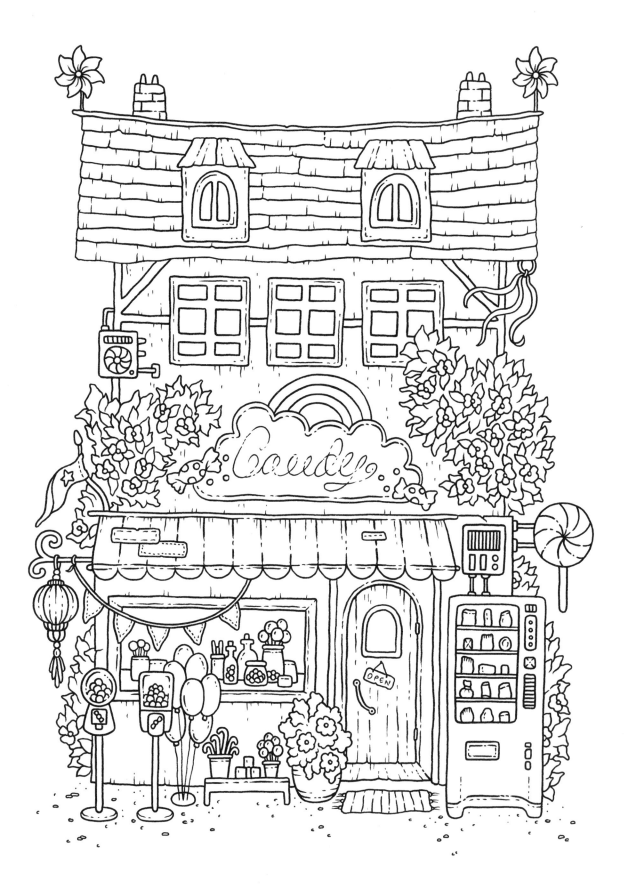

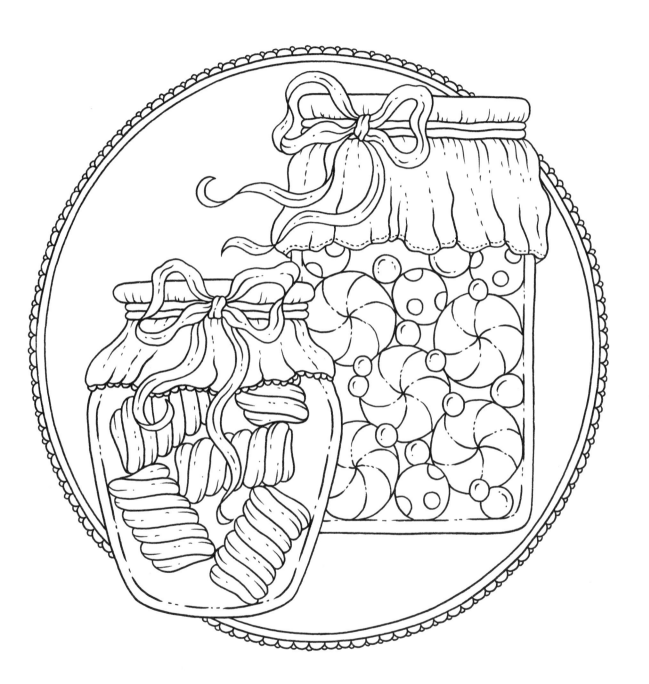

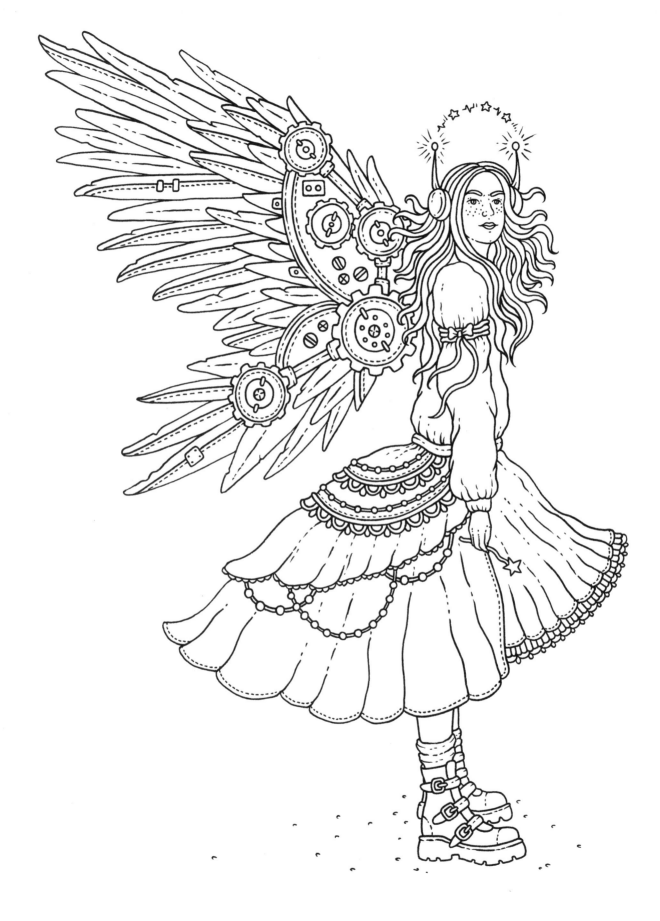

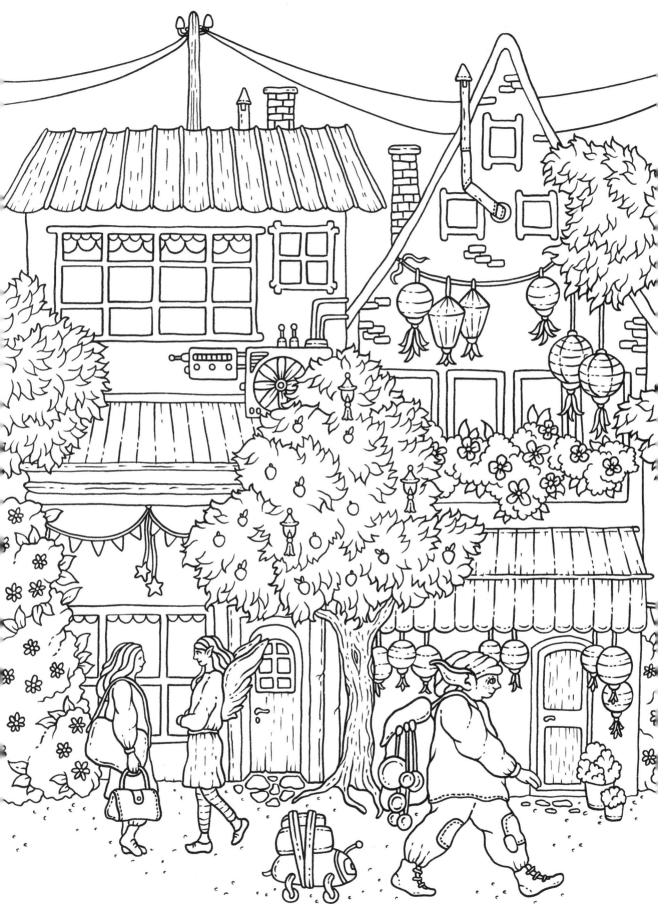

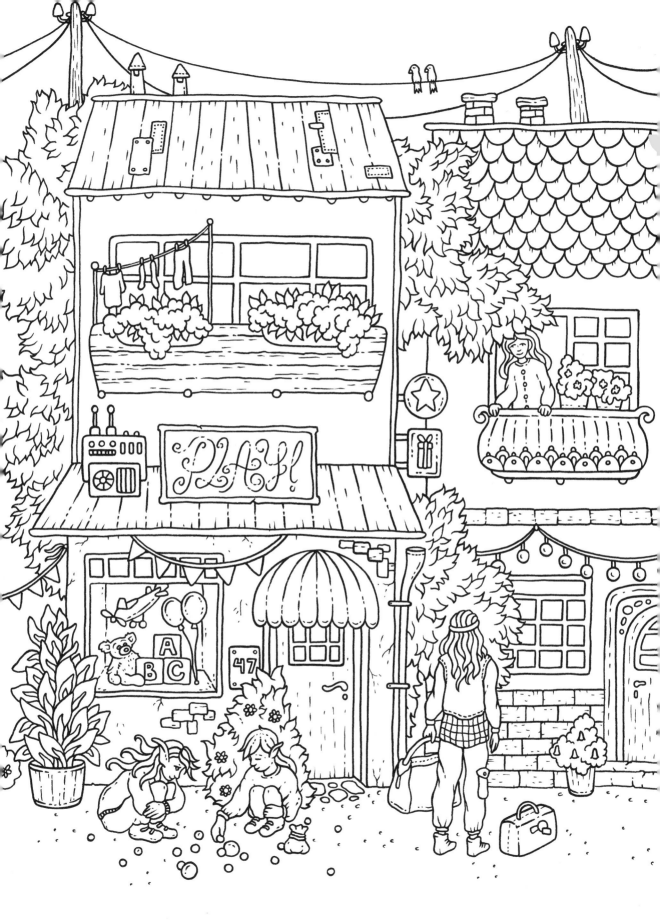

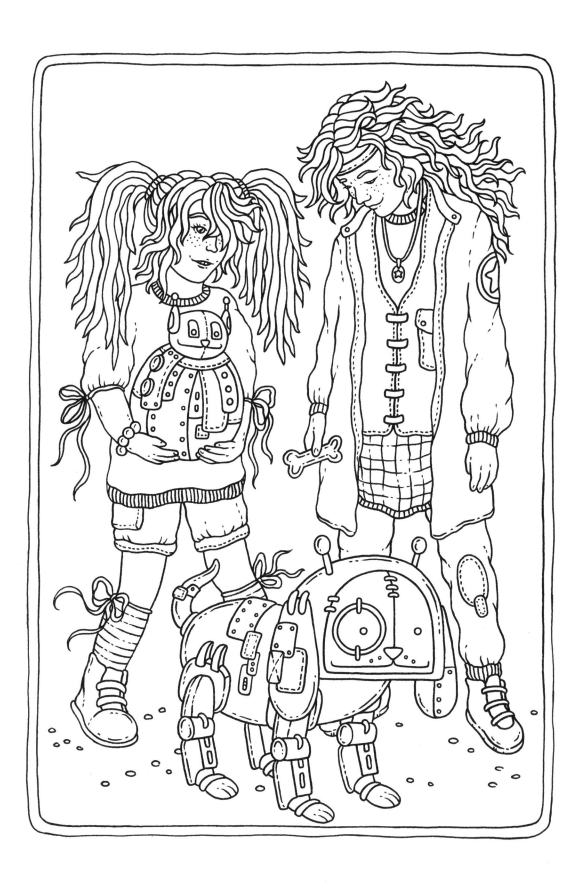

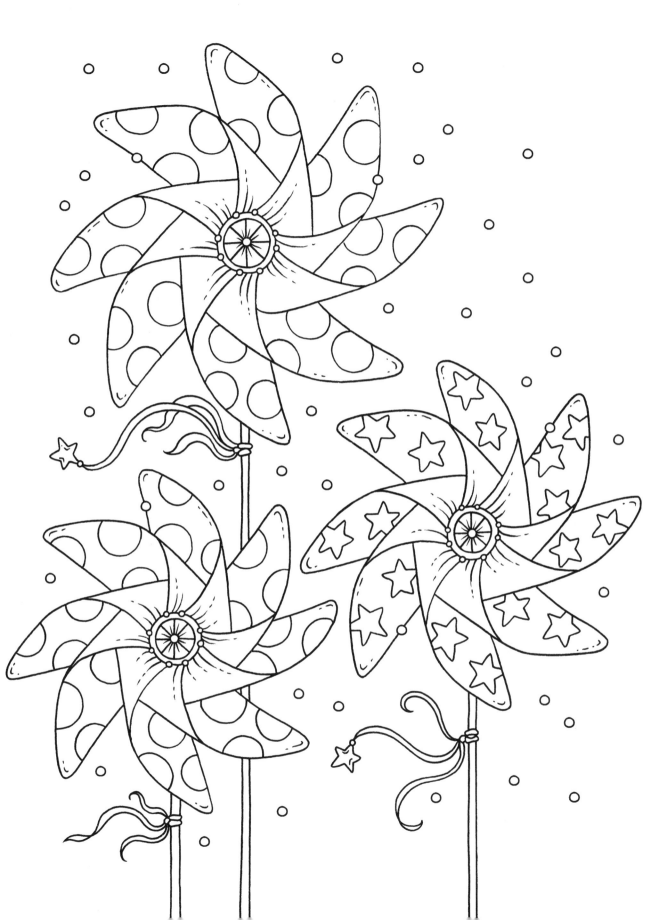

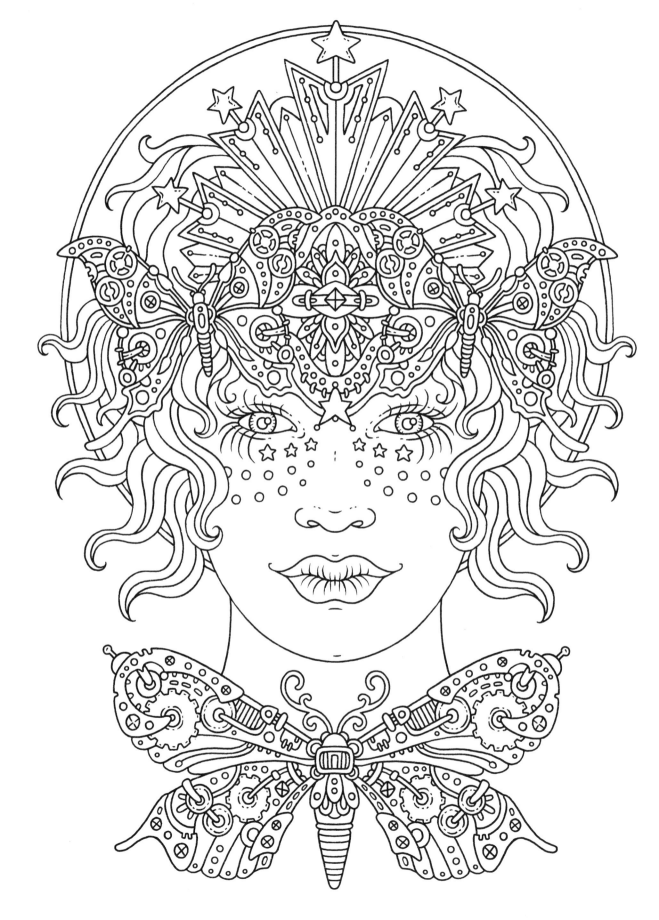

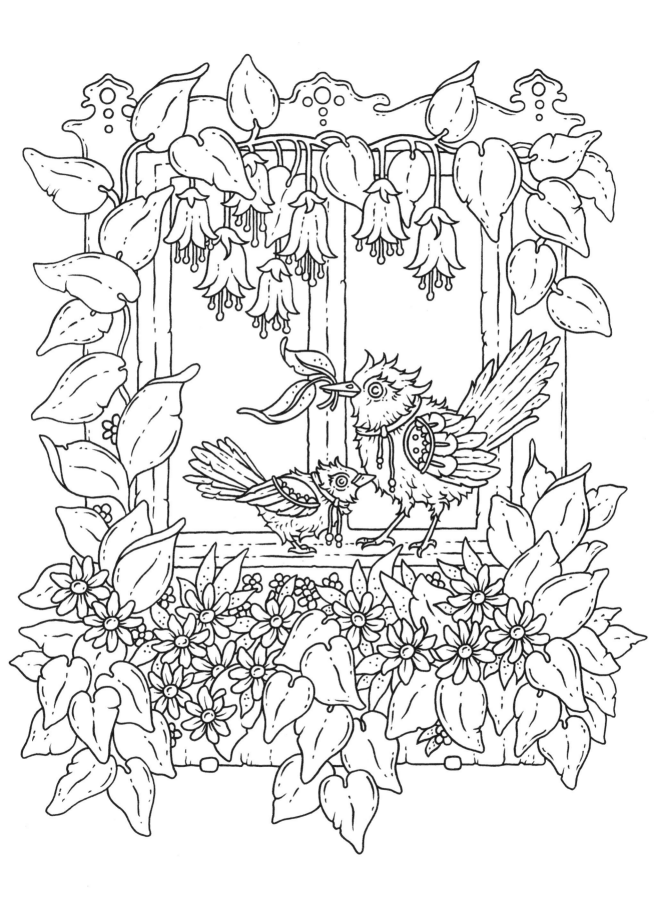

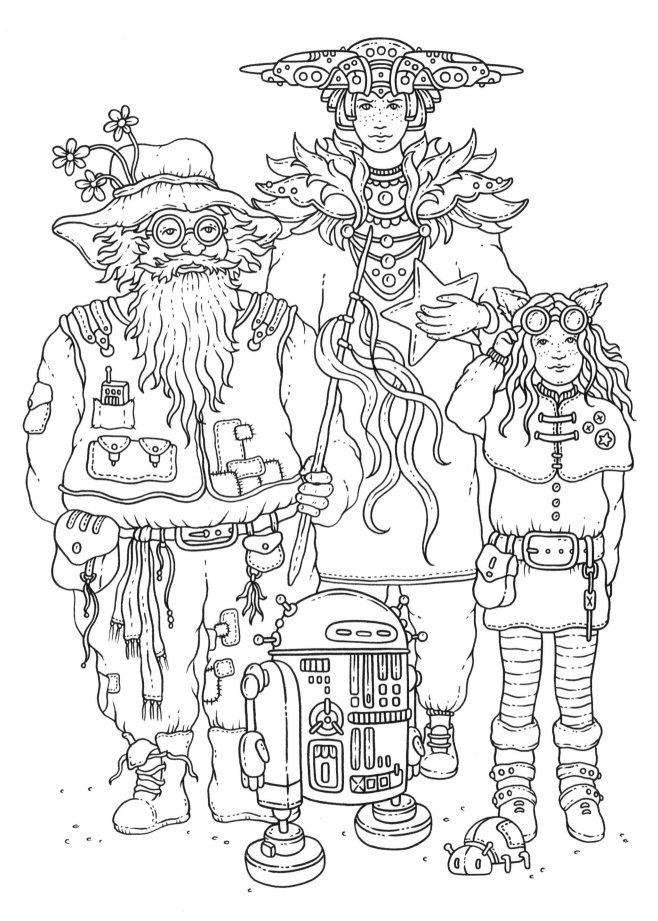

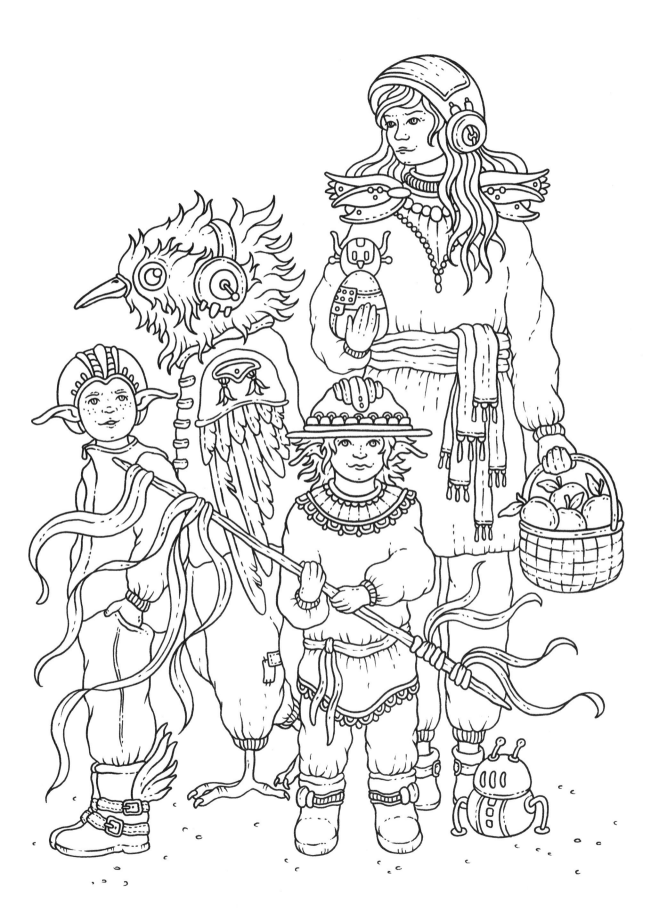

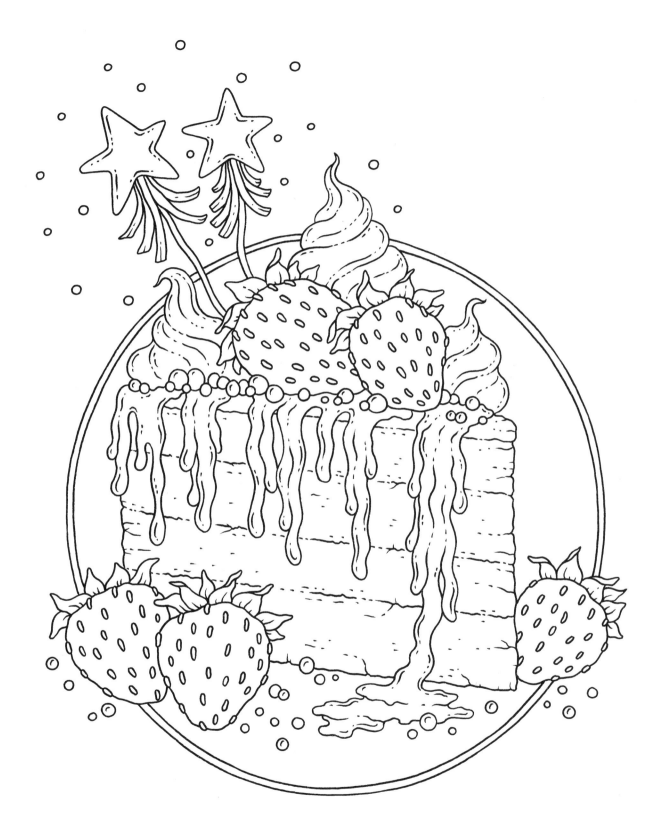

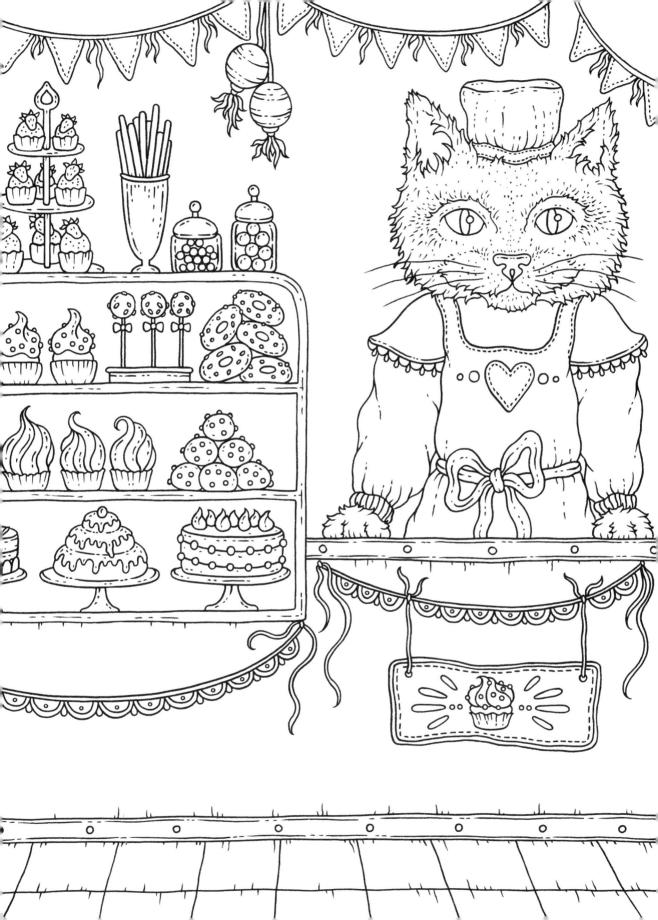

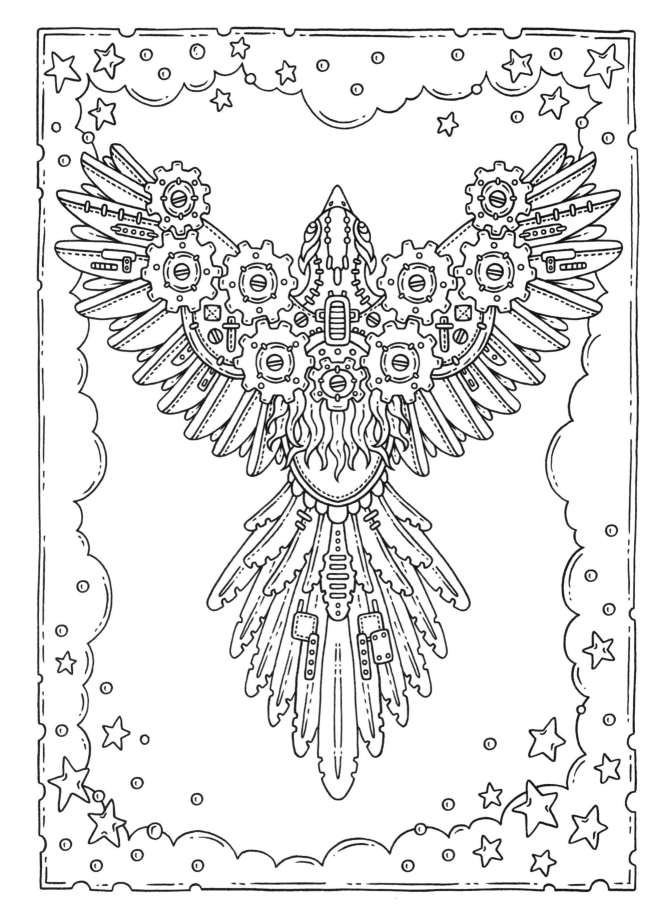

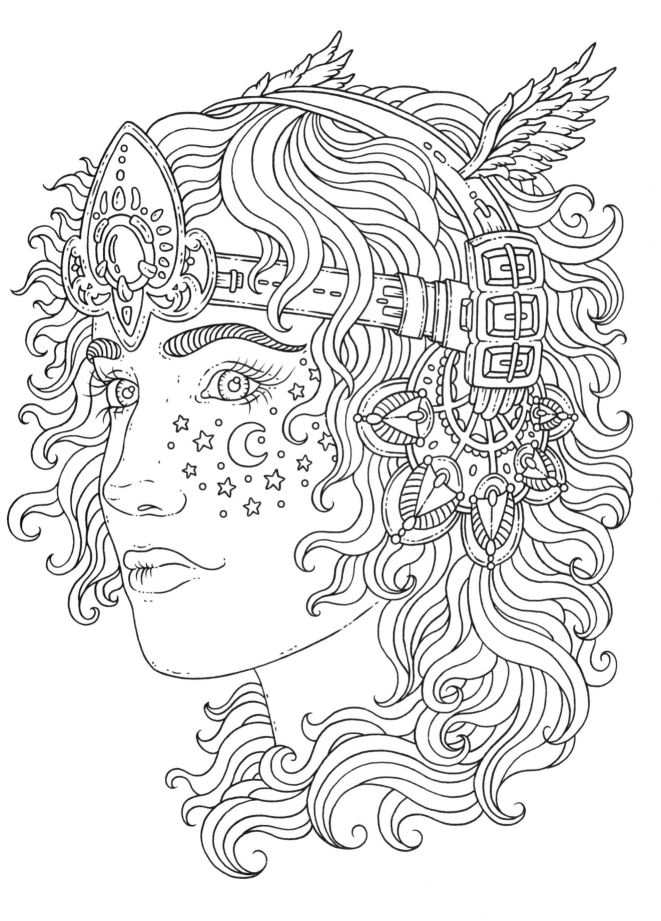

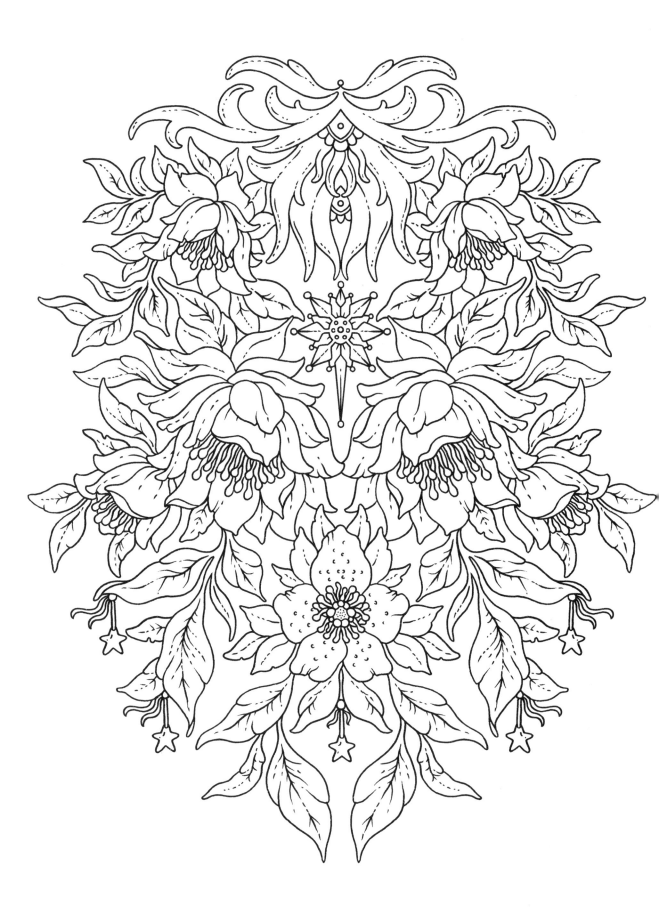

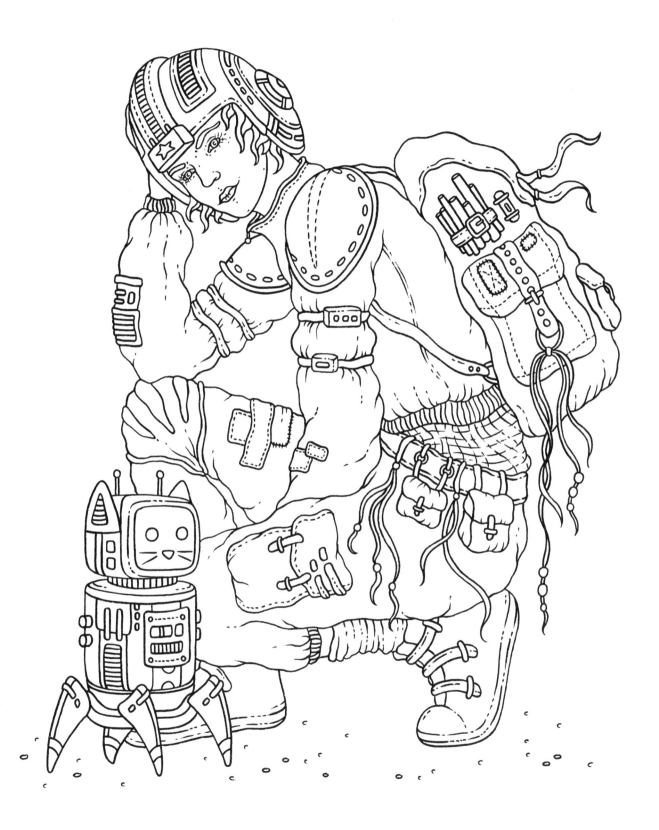

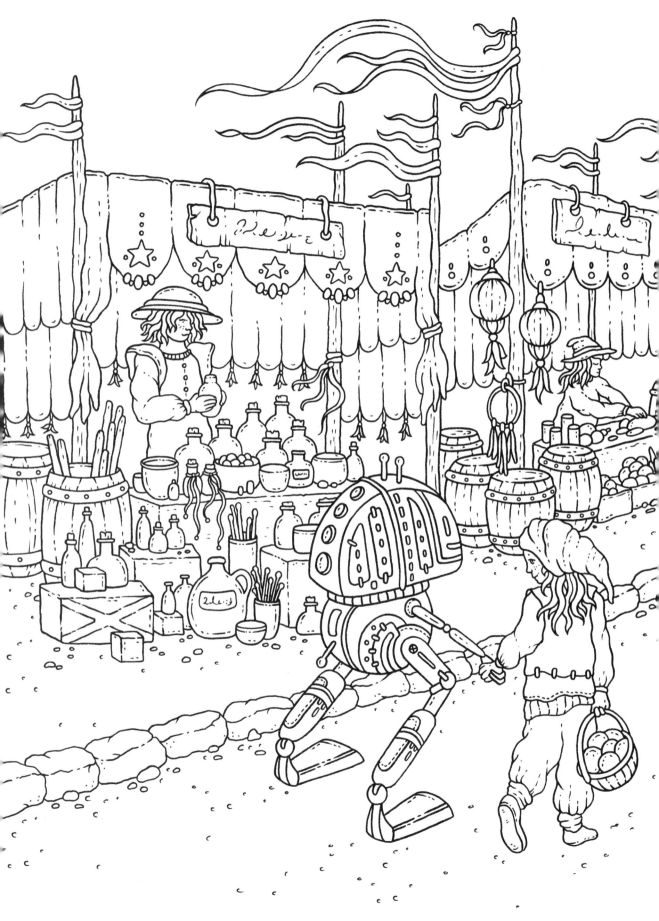

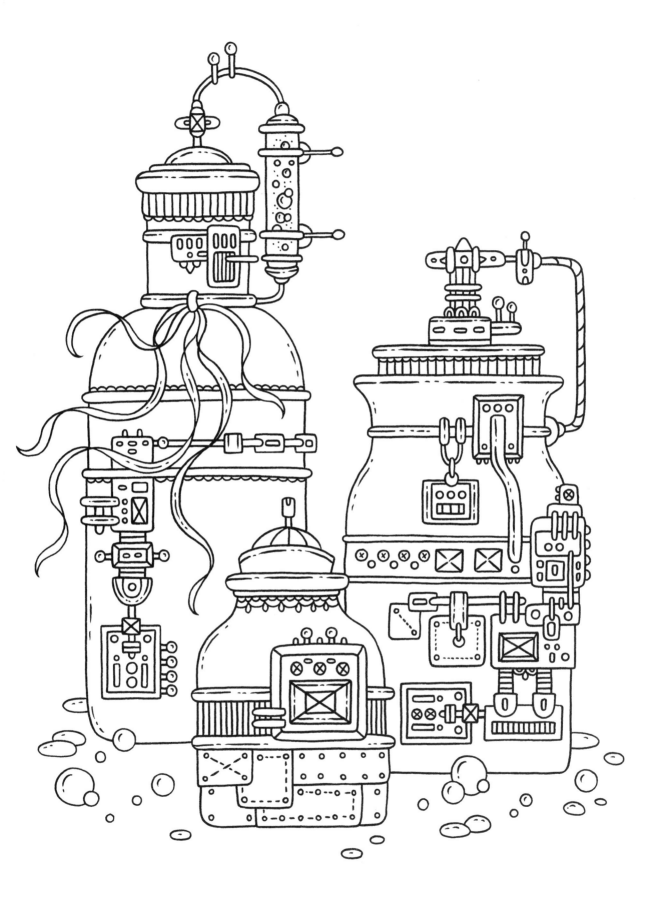

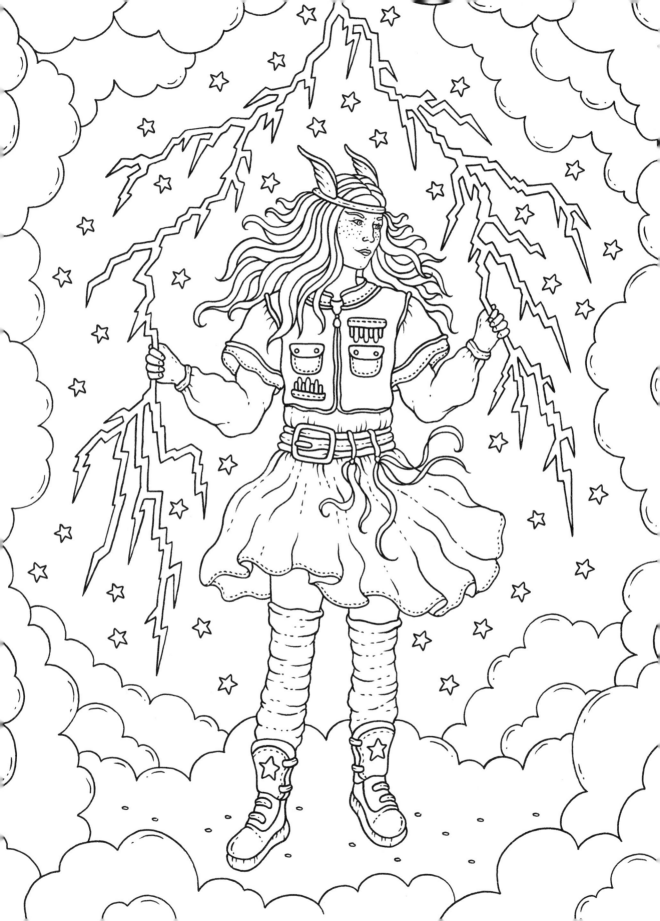

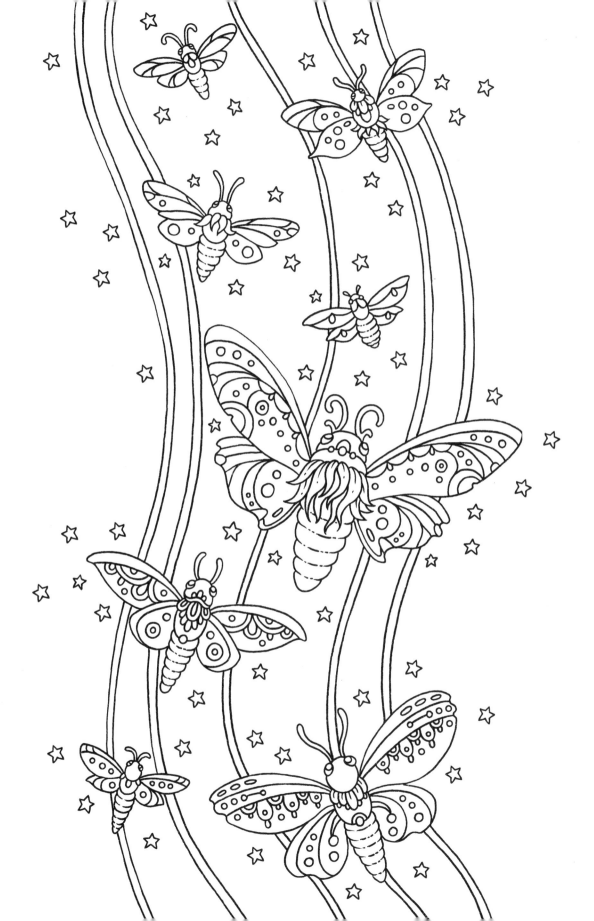

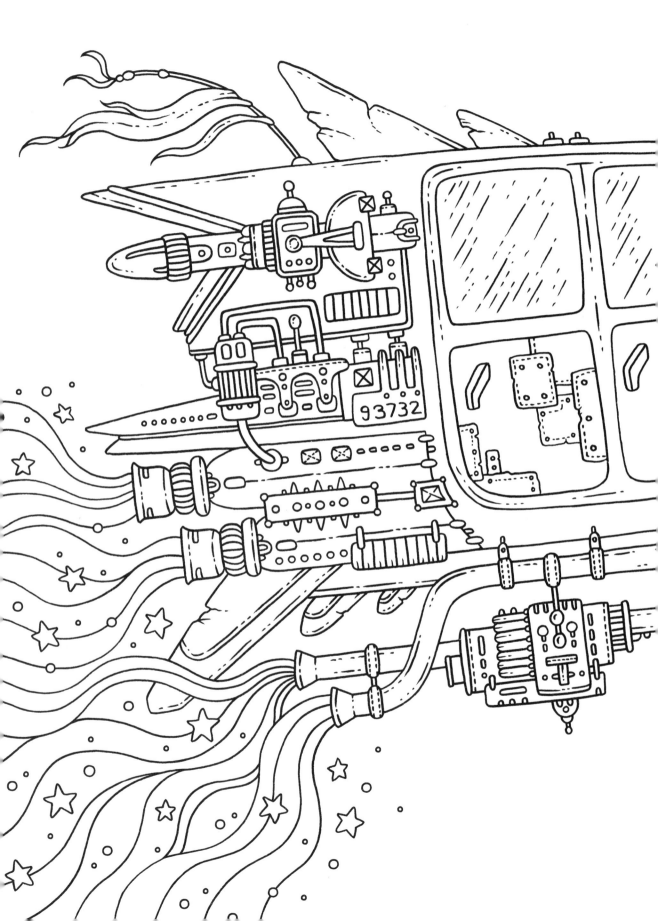

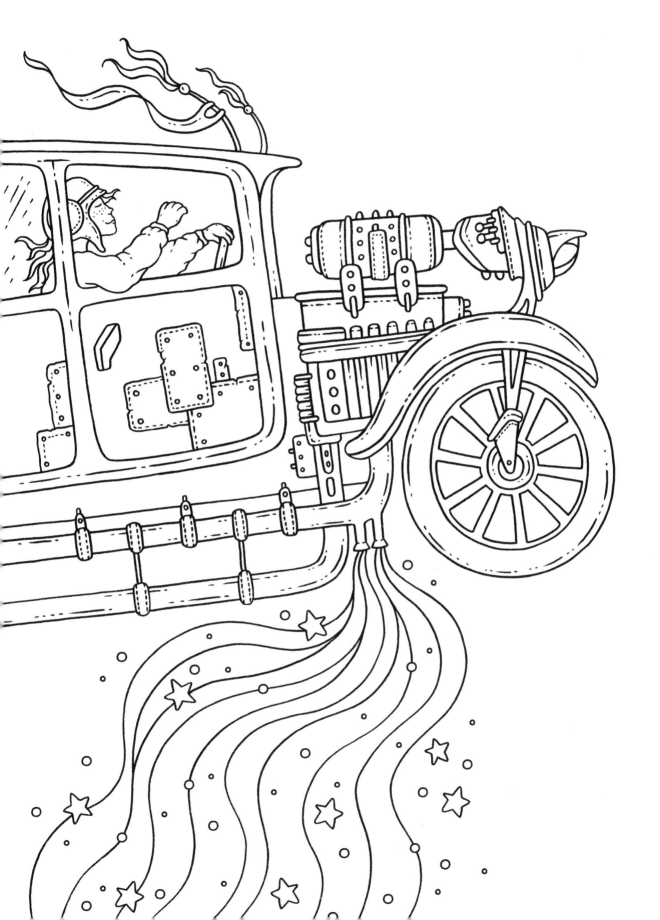

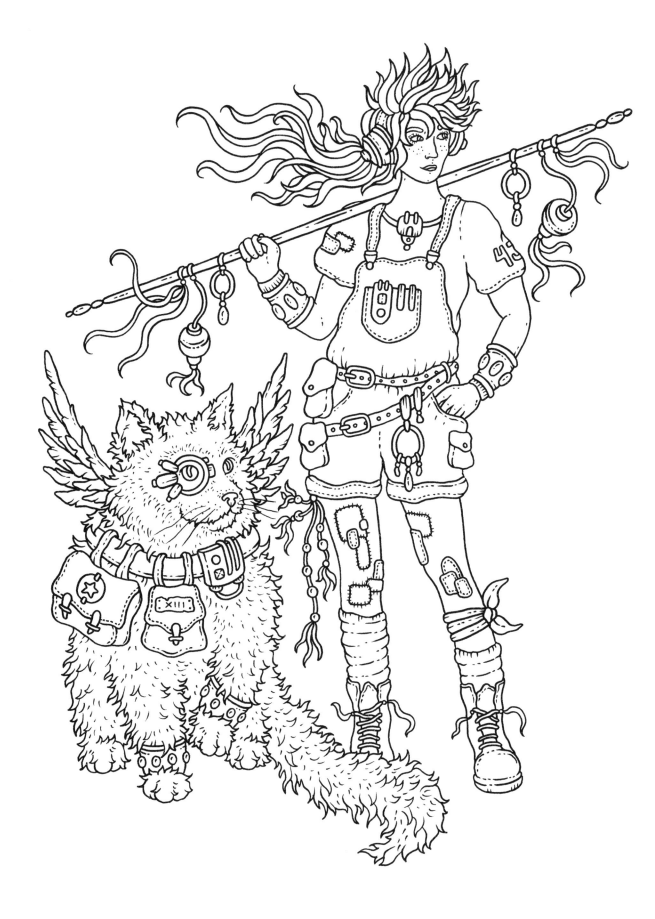

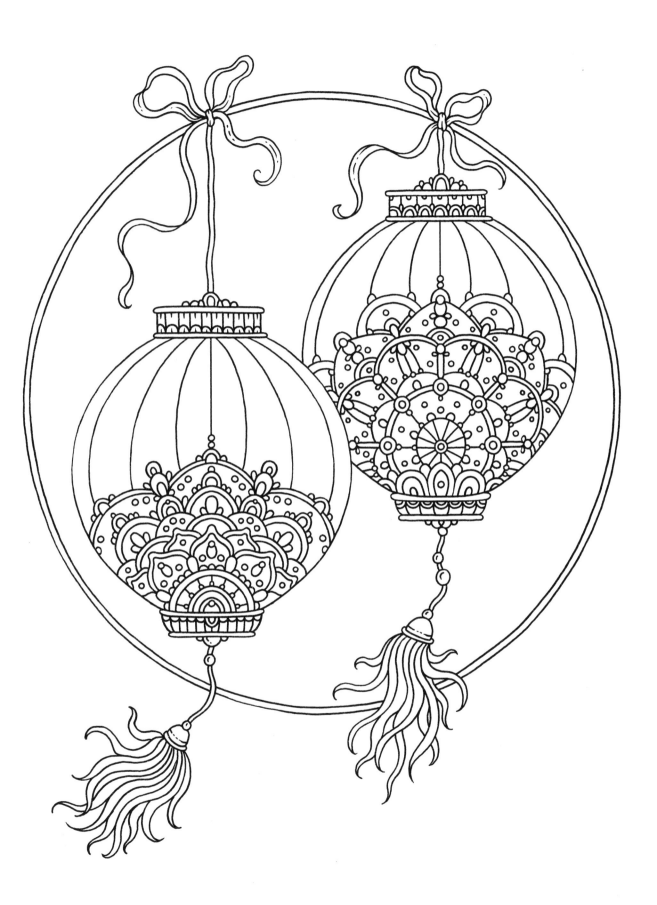

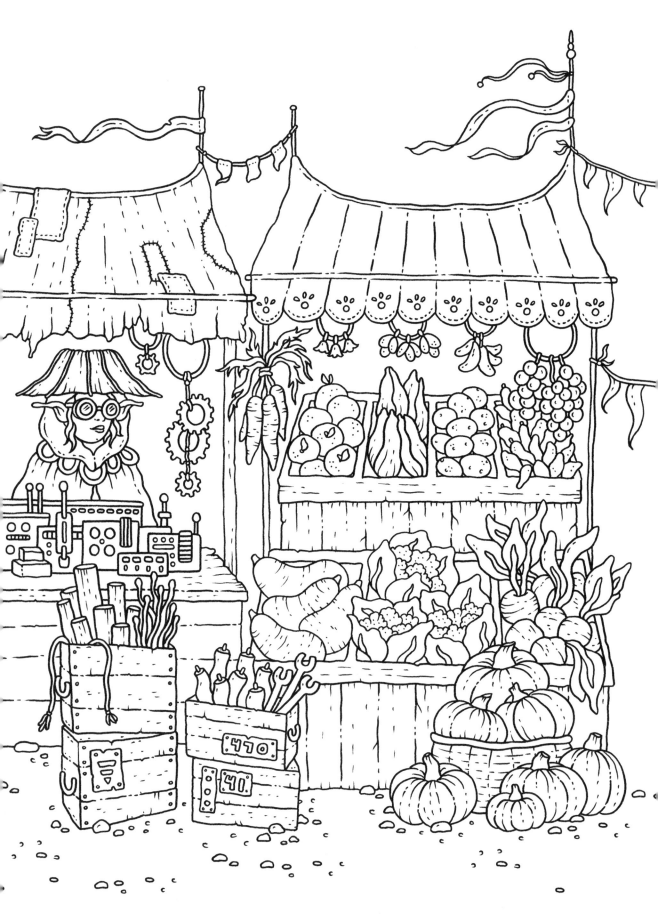

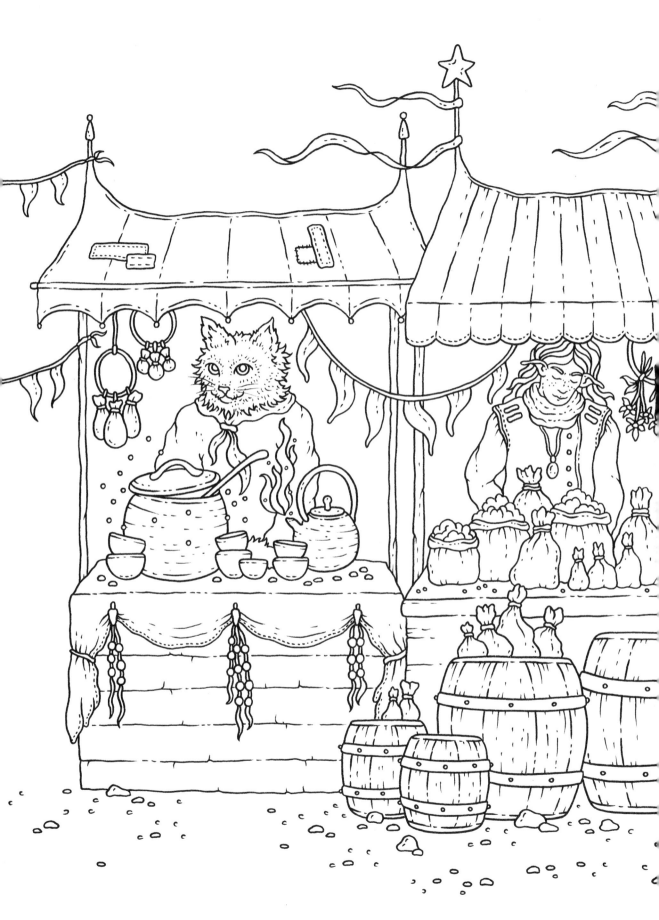

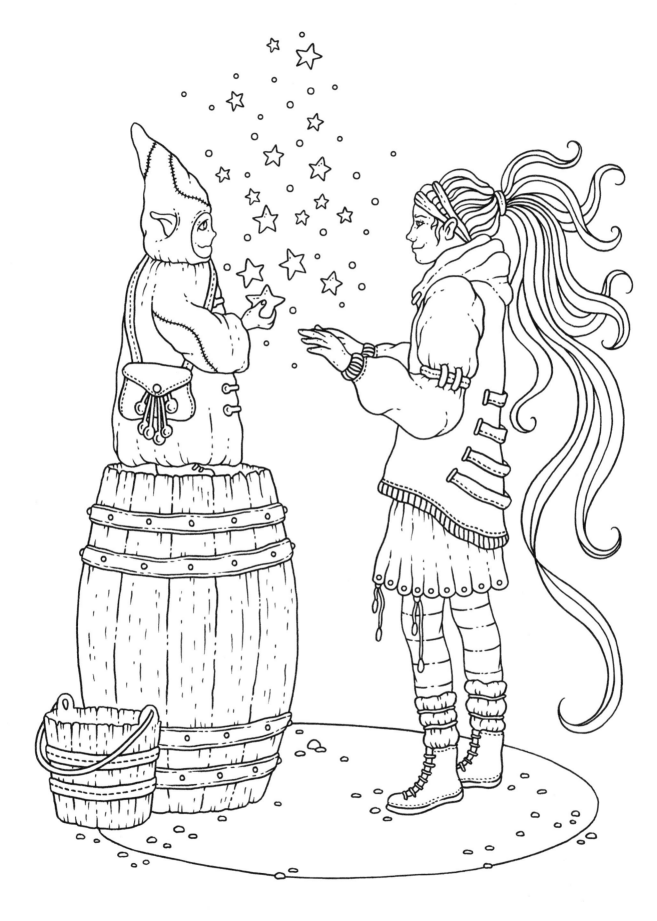

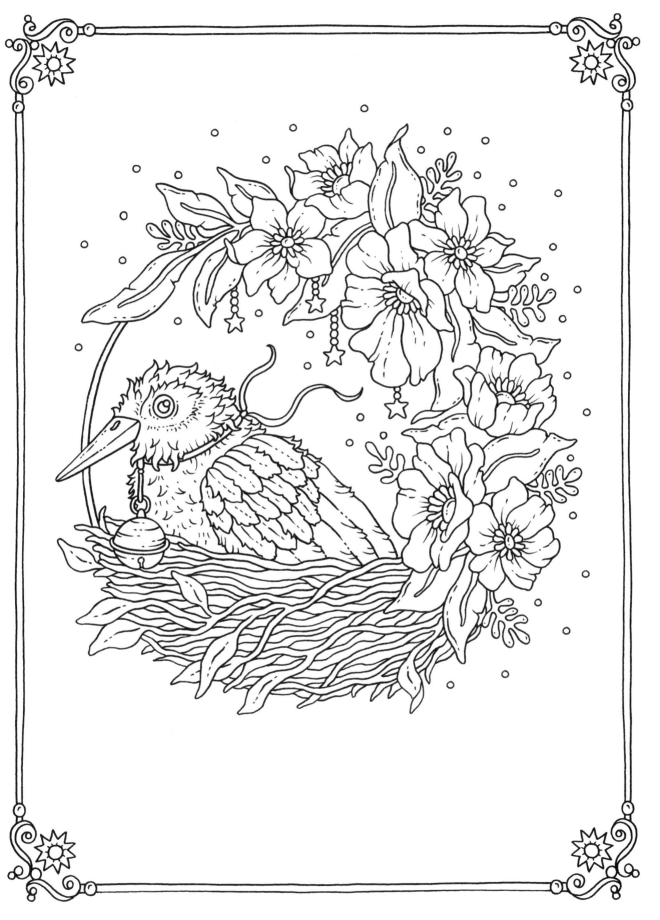

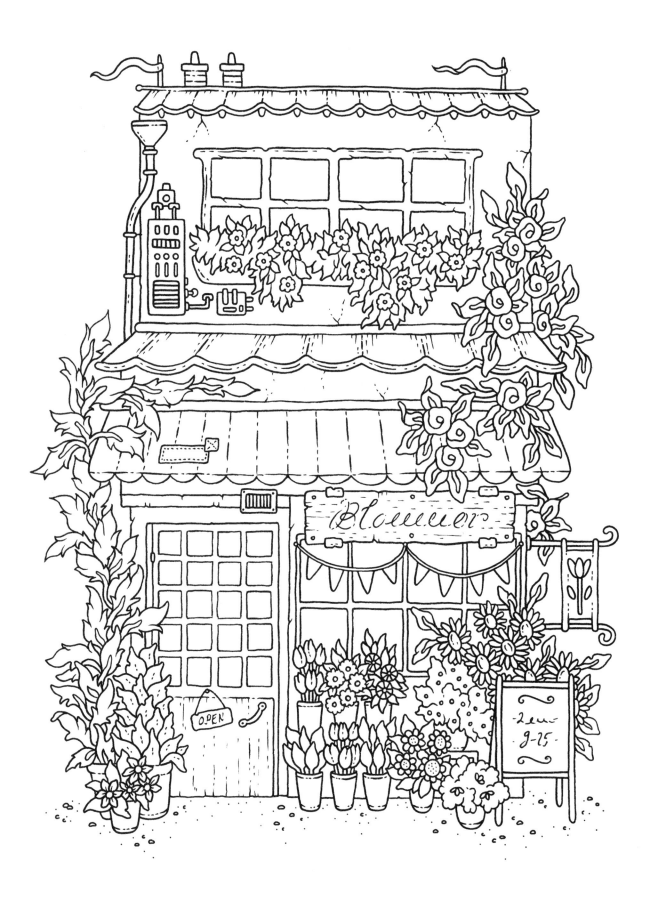

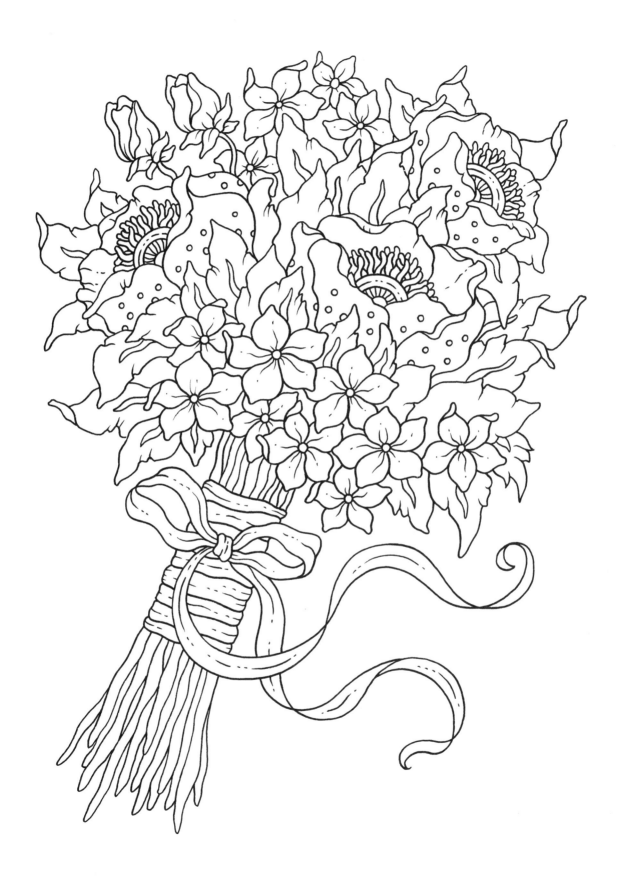

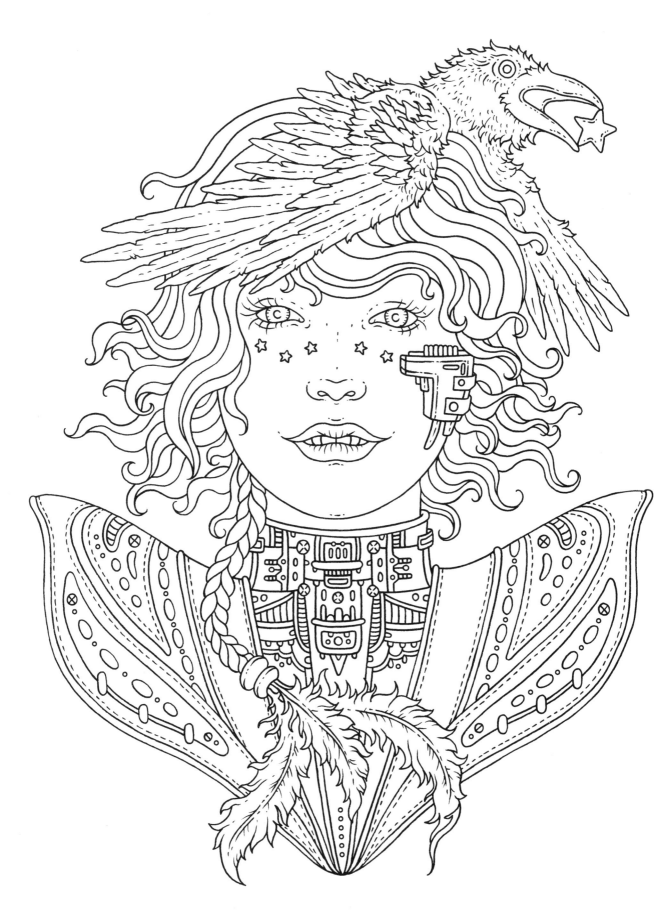

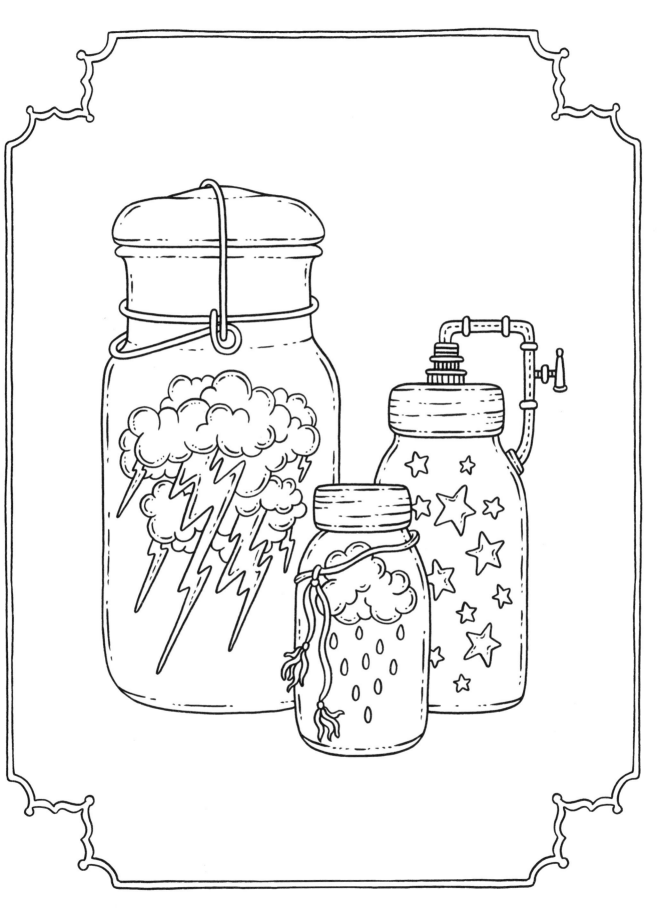

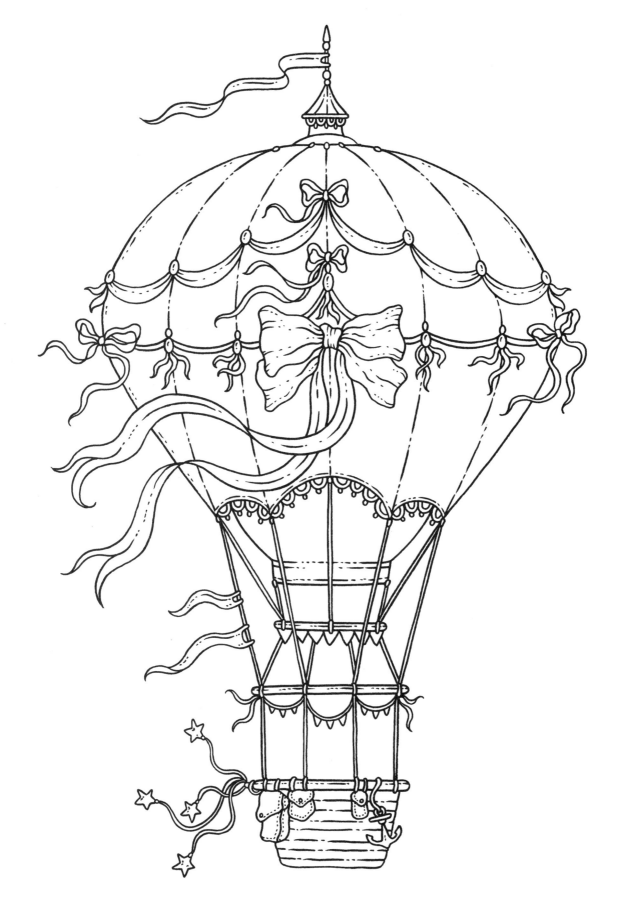

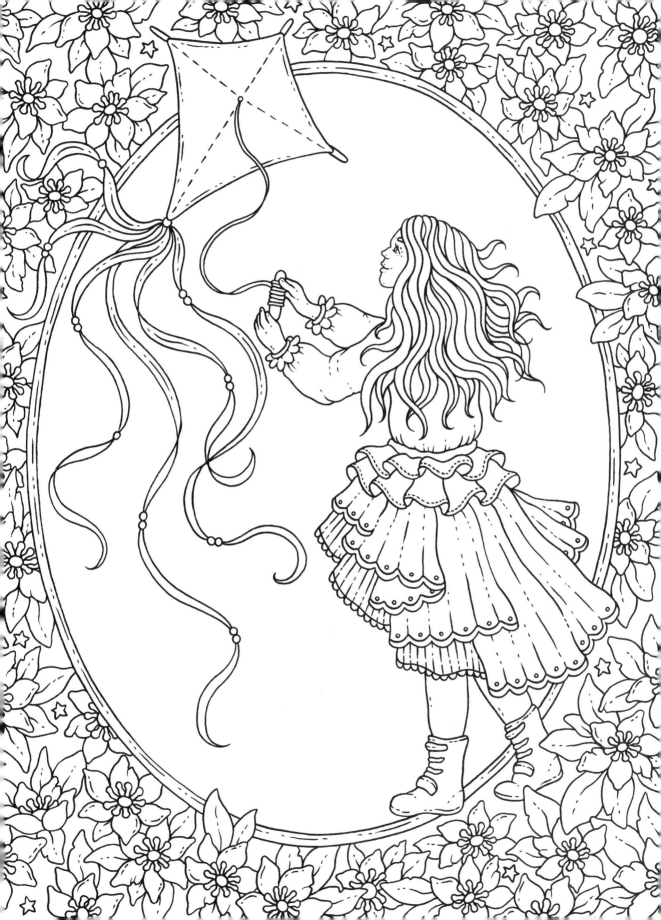

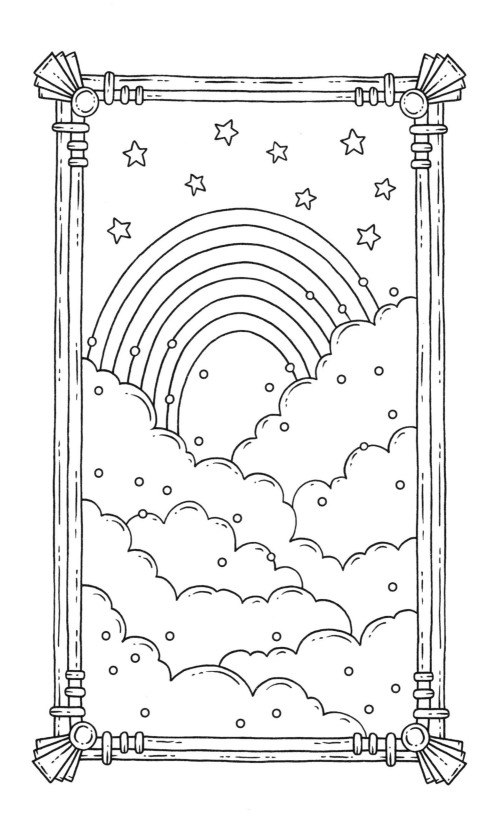

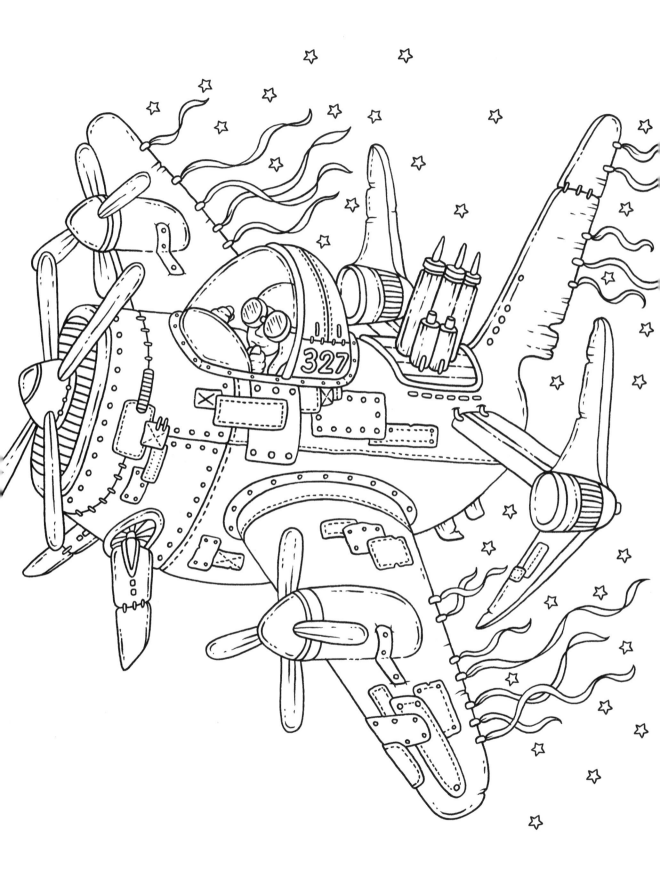

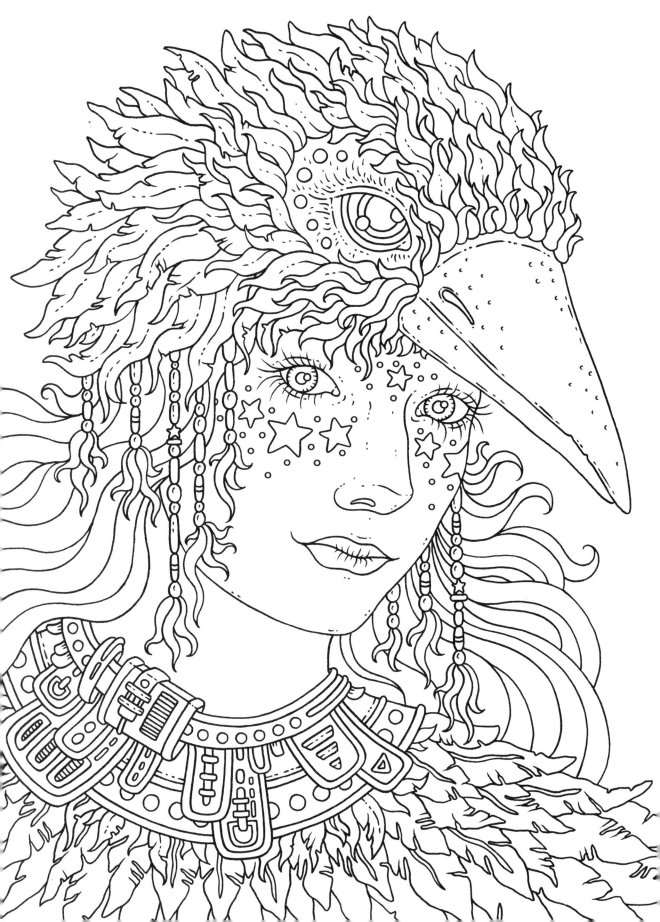

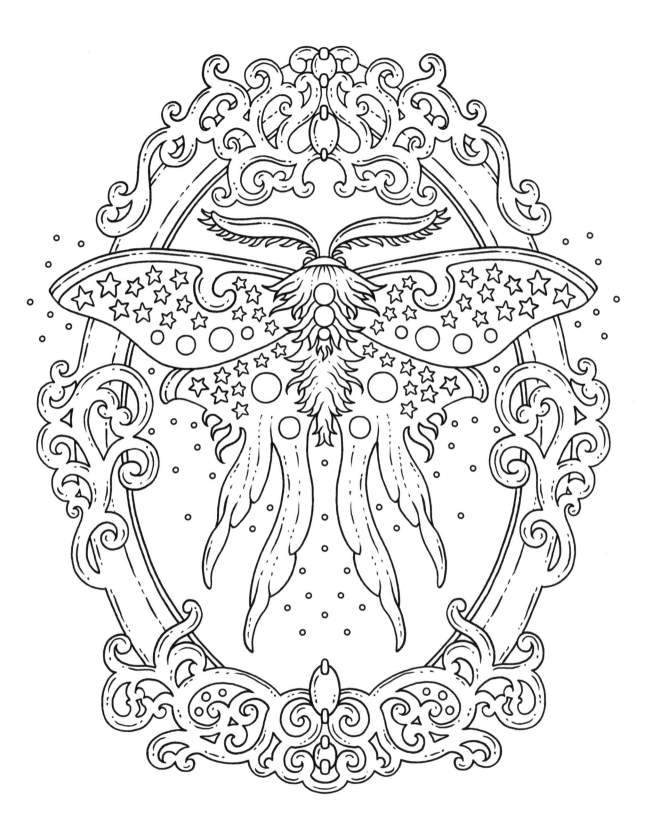

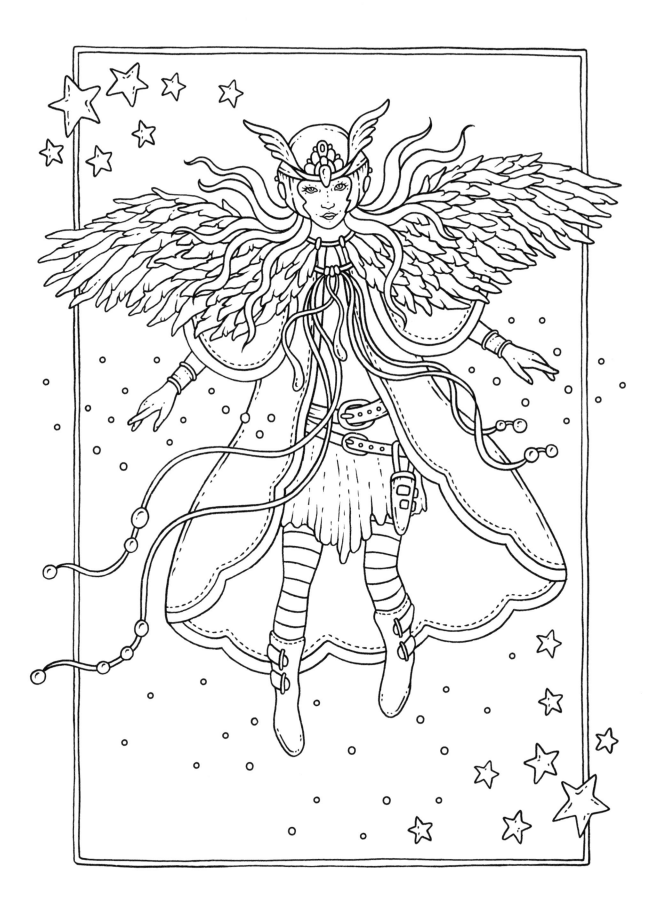

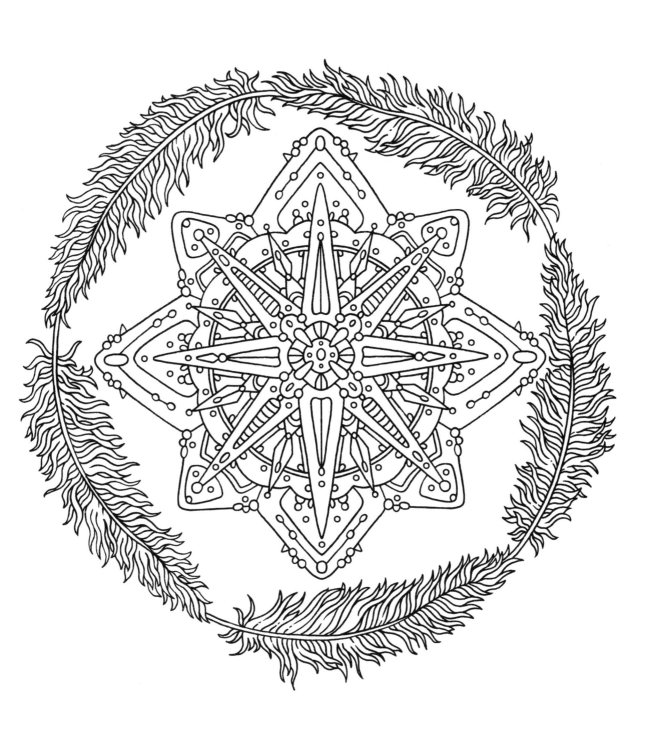

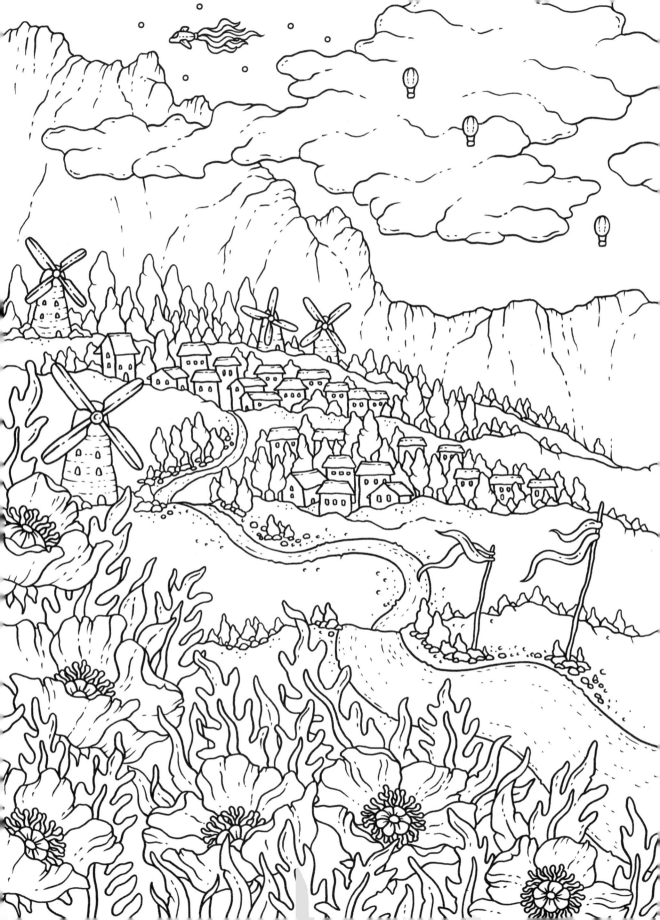

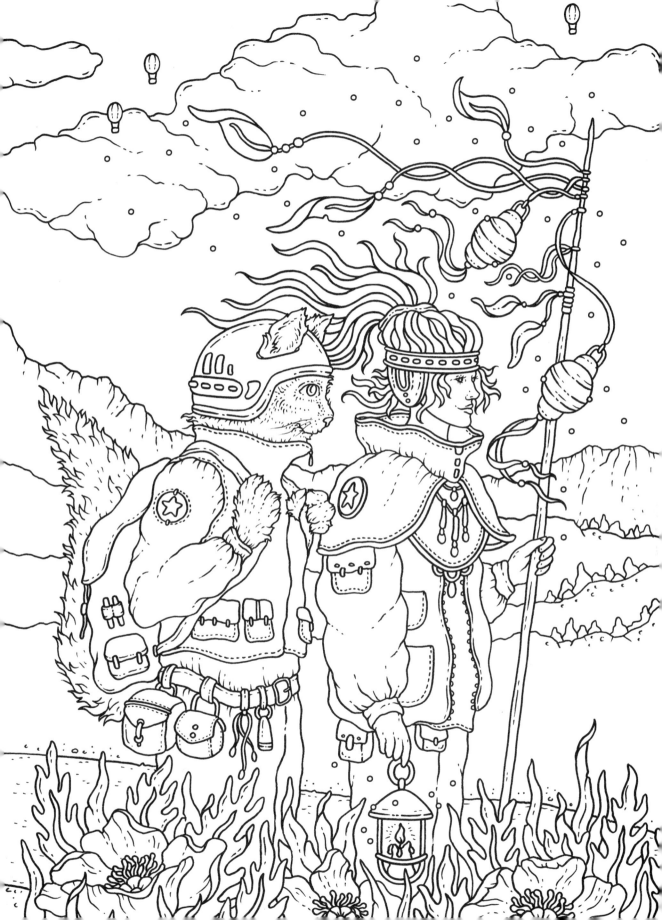

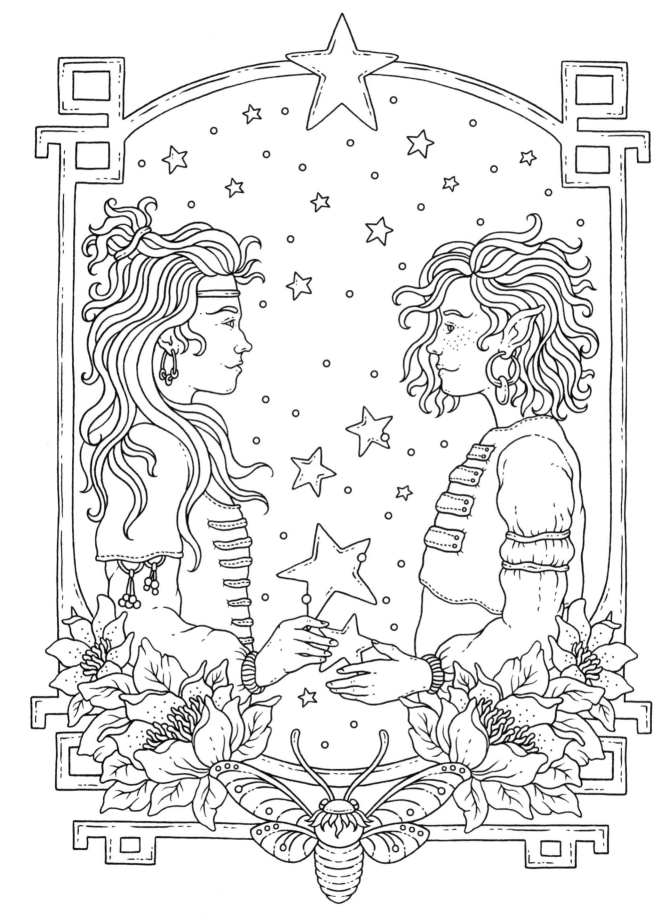

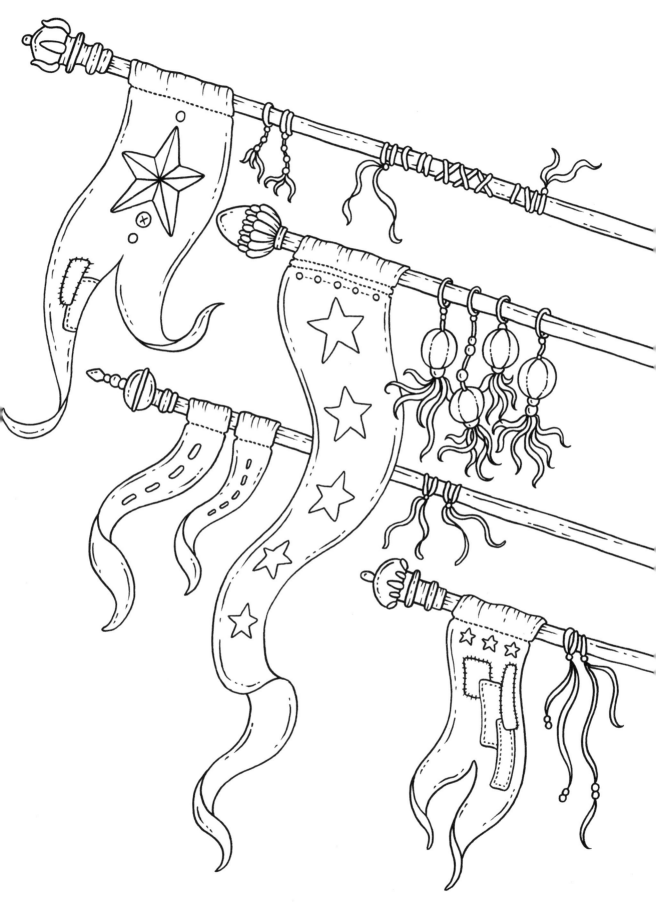

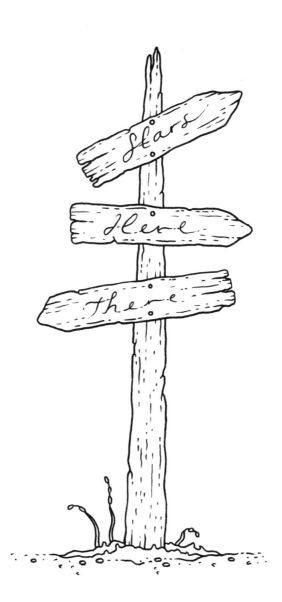